回顾

天星诗库·中国经典诗人自选诗

非默诗选 2014—2017

非默 著

山西出版传媒集团 北岳文艺出版社
BEIYUE LITERATURE & ART PUBLISHING HOUSE

·大原·

图书在版编目（CIP）数据

罔顾：非默诗选：2014—2017 / 非默著. — 太原：北岳文艺
出版社，2018.9

ISBN 978-7-5378-5364-4

Ⅰ. ①罔… Ⅱ. ①非… Ⅲ. ①诗集－中国－当代 Ⅳ. ①I227

中国版本图书馆 CIP 数据核字（2018）第 161977 号

罔顾
非默诗选：2014—2017

著者：非默

责任编辑：高海霞

书籍设计：张永文

印装监制：巩墦

出版发行：山西出版传媒集团·北岳文艺出版社

地址：山西省太原市并州南路 57 号　　邮编：030012

电话：0351—5628696（发行部）　　0351—5628688（总编室）

传真：0351—5628680

网址：http://www.bywy.com　　E—mail：bywycbs@163.com

经销商：新华书店

印刷装订：山西人民印刷有限责任公司

开本：890mm×1240mm　　1/32

字数：186 千字　　印张：8.25

版次：2018 年 9 月第 1 版

印次：2018 年 9 月山西第 1 次印刷

书号：ISBN 978-7-5378-5364-4

定价：48.00 元

非默，祖籍吉林，寄居山西。著有诗集《隐蔽的手》《天命》《王事诗》《非默诗选》。

左右都是歧途　前后都是落日

给林贤治

目　录

罔　顾

大约这就是所谓的孤注一掷
——所有的放纵
所有的企图，所有暗自的补偿
以及最后所有可能的幻象

该抛开的能抛开的索性抛开
说罔顾就绝对罔顾
哦即使终日闲敲棋子也是好的
听得懂鸟语，信得过草木

为什么不以自己喜欢的方式
认真取悦一回自己
罔顾这持续的雪灾一样的书写
有多少悖论，有多少歧义

梦之国，流水可以罔顾行云
人心可以罔顾天意
你在口头上悬挂着一个乌托邦
我在心里藏着一座疯人院

给混乱的现实增添一点混乱
给虚设的预期预设
一个陷阱。甚至怀揣一沓诗稿
去找黝面的思想劫匪入伙

时光如落叶。遗忘如泥土
——坠入幻象的人
可以从星图上预见倾覆的船队
既没有哀恸，也没有惊呼

可怜的美学

> 既然美好的事物无法持存
> 既然激越的声音已成绝响
> ——题 记

喏，就让那帮小子写归顺之诗吧
表归顺之意，尽归顺之心
从此再也不用纠结了，仿佛隔叶黄鹂
可以吴侬软语，可以川巴乡音

是不是已经边缘得太久了
看了太多的冷眼，受了太多的冷遇
——是不是想二次起锚
扬帆，争取新的荣耀之旅

呵呵，既怕在陆地不幸遇险
又担忧在海上悄然失事
竟至于荒废这么多年、这么多时日
才比划出这结结巴巴的手语

多么希望能有一些自由的灵魂
——或是沉思，或是呐喊
以独立的姿态，写出这个时代
内在的思想、内在的情感、内在的复杂性

确实只有美学一途了。美学的鬓

——美学的唇：前年在云南

被强行索吻——美学的乳、美学的臀

今年在福建——遭公开的意淫

冷板凳

冷不丁还真爱上了这命运
——扔过来的冷板凳
不管有意或无意，在这只凳子上
一坐几乎就是完整的一生

世界的剧场灯光渐次变暗
——可既不能退票
又不能立等。该入场的早已入场
此时谁也不会轻易地转身

绝对是一种先知式的存在
——纯木头的冷板凳
和冷板凳们，只能以自己命定的冷
寄身于当下的语义和语境

也没有比这更好的位置了
只有在这里，才会给出一个角度
——以及足够的时间
让一个人倾听自己的内心

如果换个席位会不会更好
——咳，还是算了吧
老伙计！在这个价值虚无的年代
就是一只板凳也会掉入陷阱

现在，可不可以这样理解
——这冰冷的冷板凳
看上去也许是一次不经意的放逐
到头来，却是意外的蒙恩

玫瑰的事

> 现在我们
> 不要说任何关于玫瑰的事
> ——埃科

那么好吧，就像你亲眼看到的一样
——这个世界现在到处
都是火灾，到处是着火的房子

有的人急于灭火，有的人忙着呼救
——在大火的劫掠中
所谓通路，早已经是一条死路

那些命中注定要毁于这场大火的人
——始终都在事故现场
没人能够幸免，没人能够逃离

起火原因是不许谈论的，必须有人
——沉默，必须有人消失
这，既不好理解，又不能解释

而我想说的是：纵使火势还在蔓延
——纵使这人类大地
终有那么一天会化为一片废墟

可玫瑰还是要说的。热爱玫瑰的人
——仍会用最后的舌头
如火焰，喃喃着关于玫瑰的事

怀 人

> 落月满屋梁，犹疑照颜色
>
> ——杜甫
>
> 热爱，是的
>
> ——陈超

其实——真的已无话可说
自你去后，似乎每一个日子
都是寡淡的。每一颗星星
都是体虚的。三十年的时间
——你写下了那么多书
像远远留在身后的一摞空碗

可为什么，恰恰是在昨夜
你猝然闯入我的梦中
说你还活着，只是没来得及道别
你说，不过是一次出走
——为了一次意外的邀约
为了赶赴另一场未知的饮宴

恰恰是阴历十月的第一日
——这个古老的习俗
这个梦，不知是否与此暗合
当我裹着一身冷汗惊醒

杜甫那凄清的诗句，恍如去年墓畔
初生的青草，一下子从额头

冒了出来，又如初降的霜雪
使眼前的黑，愈加变冷
其实——活着的人都有无法
治愈的疾病，当一种痛楚
痛到彻骨，痛到真正
　　　　　无以名之的时候
我们只好或只能称其为抑郁症

听王家新谈策兰

哦，石头真的要开花了

一个犹太人选择另一个犹太人 *
——让他在自己语言里
　　死去的部分
又一次在汉语里活了过来

王家新谈策兰，就像在谈论
一个巨大且永远无法
　　愈合的伤口
——时间存在多久
这个伤口就会存在多久

语调低沉、犹豫、迟缓

王家新谈策兰，似以极大的
不适，从一种黑暗
　　转向一种更深的黑暗
——将一个伤口

嵌入一个更大的伤口

通过王家新，嘴里淤满泥沙的策兰
——仍在虚空中继续发问
诗性的塞纳河 **，在奥斯维辛之后
为什么却成了诗与诗人的坟墓

---

* "所有诗人都是犹太人"，是俄国女诗人茨维塔耶娃的著名诗句。
** 1970 年 4 月 20 日，策兰自沉于塞纳河，享年四十九岁。

忧 惧

用不着担心会没有地方可以取水
在地狱种树的人也自会去天堂打井
灵感或是久等不来或是不期而至
只是入夜的冬青已经没有青色可看

国家又地震了，还好，震级不大
内心的某些部分还是有了新的塌陷
一颗星不知日月，挂在苍穹深处
思辨与思人，让处境变得有些烦难

到底是真实的忧惧，日子的锉刀
就那么一下又一下，开始轮回着锉
孤独不只是说说，要说，那未能
砭骨的不算，无法入药的更是不算

关于眼前的一切，像暂停的钟摆
在喉咙上方那个小小的舌尖上悬着
之前，每声滴答都像飘落的浮尘
之后，每声滴答都是入口的熔岩

西蒙娜·薇依

哦，一场持续的不肯熄灭的大火

此刻，我愿抛弃所有宗教和哲学
抛弃所有写作的形式和技巧
此刻——在这里，修辞是没用的
上帝、祈祷和性，也是没用的

我：一个被迫往自己头上撒灰的人
一个试图用词语表达灵魂的人
一个坚持以方块字存身寄命
并因时代之拆迁终于失去家园的人

哦，西蒙娜！在今天，在这里
——如果我依然不敢面对
依然不敢或是不能大声说出
我痛楚的爱，那我就是可耻的

你这个近视的面容苍白的小女子
你这个可怜的笨手笨脚的小女子

西蒙娜，你这个一生远离教堂
只肯把祭坛安放在心里的小女子

哦，西蒙娜：一个蒙受恩宠的人
一个不惮于旷野独自夜行的人

聊 且

持续登陆的消息皆自惩戒而来
一个国家身上的积垢着实令人咋舌
仿佛铲除一寸又自会增高一寸
淤泥涂面的执柄者亦不断授人以柄

所有舞台艺术一向靠表演致幻
观之愈久——愈是怀疑其诚
当今知名者众，个个都身怀绝技
挂冠的影帝也会暗自火中取栗

一只鸟早已不是一只鸟：一只鸟
——竟可以自己提着笼子出行
看夺路的虎跳入初开的菊花里逃生
那手拎哨棒的人不禁兀自发笑

闻者自有所闻，见者自有所见
——嵇康不孤！好锻的嵇康
这打铁的人，这内心早已丧国的人
将不断坍塌的墙聊且扶起一段

丧与如丧

肉食者的头颅总是在
时间的枝条上最先烂掉
尔后有亡国的气息
自权柄的两端隔江袭来
直至遍体的草木尽废
直至怀抱的青山尽废
直至南山的钟声敲响一次
北山的钟声也敲响一次

南山的钟声每响一次
头上的积雪就增厚一次
北山的钟声每响一次
雪中的楼台就塌陷一次
南山的钟声和北山的钟声
就这么一替一下地响着
南山的钟声刚一停歇
北山的钟声又响了起来

丧国犹如丧父，丧父的人

内心不再有自己的江山
丧与如丧啊，南山的钟声
每响一次，就丧失一次
丧与如丧啊，北山的钟声
每响一次，就丧失一次
南山的钟声啊，何谓既往
北山的钟声啊，何谓存废

暮 霭

仿佛大地上的树木一下子
——掉光所有的叶子
槐树的骨骼，杨树的骨骼，柳树的骨骼
正好形容体内的萧索与清冷

其时，曲径已无幽处可通
眼前的物象失去草木的遮拦
不过荣枯而已，存废而已
谁临水自照，谁就蓦然白头

只有苍凉，只有苍凉与苍茫
上下不复青碧与清朗
危耸的楼阁依循着古之旧制
檐牙高啄，生凌厉的幻象

彼何人斯？思想阴沉。临风孤立
挽唱如暮色慢慢披挂下来
哦，高处——是滴水成冰的声音
远处——是巨石崩毁的声音

即 兴

垂钓者，没有哪个最终会脱钩而去
河岸上那些手执钓竿的人
早已个个水藻缠身，淤泥涂面

天人何曾一体，心物何曾两忘
与互涵，贯通无非遐想
逻辑之不究竟，诗之无用

水是轻的，水中的波动是轻的
悬在钓钩上日月是轻的
江山是轻的，生死也是轻的

不过是有无之思，虚实之分
一二之辨。其言与不言
都无法去掉这满嘴陈年的苦味

东 山

月出东山——月出东山

酒过三巡之后，再过三巡之后
又过三巡之后，披发的柳树
开始绕屋疾走，心猿难敌
意马，一会儿是泪洒清秋的灞上
一会儿是乱云飞渡的长安
骊山山顶高过白日孤悬的青天
叹玄奘译经——笑赵州参禅

说从来有无相生，不高于已知
不低于未知。茶尽三盏之后
再尽三盏之后，又尽三盏
之后，醉意阑珊，文学的话题
重新深入个人、风格、细节
好像一条河流或一堵断壁
在一场大雾后，慢慢回到自己

今夕无月——只有东山

丙申记事

哪来的那么多废话，写就是了

为什么非要不断进行自证与反证
——或是没有来由的
自负：或是莫名所以的自怜

即使离得再远一些又有何妨
——自己的餐桌上
为什么要预先备出多余的碗筷

这个世界的事往往就是如此
——一个太为伟大
操心的人，反而很难伟大起来

即使修辞的帝国可以随意立论
——即使每个词语内部
都驻扎着黑暗、虚无的大军

即使仍在孤军深入，却早已上了阵亡名单

悼亡诗 I

环壁而立的书架渐渐被抽取一空
消散的时日重新还原成一张白纸
每一排都幻化成气息辽远的虚无
每一层都预留出难以安心的空洞
我几乎记得所有的收藏，每一本
每一册，在书架上面具体的位置
——记住每本书的内容虽非易事
可我依然能够粗略说出任何一本
封面的颜色和图案、纸张的品质
装帧的精简以及出版的大概日期
其中一些已经内页泛黄边页卷曲
另一些则印上了无法抹去的指痕
被抽取一空的书架现在像个困局
困在里面，横看是空，竖看是空

悼亡诗 II

哦，依旧是这些针叶的松树
——这些扁叶的柏树
在十二月的冷风里肃立着
我应是其中最冷的一棵
两只脚在冻土上渐渐生根：阳光

雪亮，花翎的鹊犹自带欢愉
——喧闹着，追逐着
在疏朗的树林间飞来飞去
想想世界，想想已经过去的时间
似有透明的火在慢慢燃烧

悼亡诗Ⅲ

空疏寥落的日子再一次伴着高热崩溃
身体尚未来得及抵抗便颓然倒下
服药也无法缓解，针砭也无法缓解

睡不着，独自倚在床上，窗外北风
断续地吹着，时钟的指针如过境的军队
衔枚疾走，在雪地里嚓嚓嚓嚓移动

睁眼是你的身影，闭眼是你的身影
——那悬在天上的一轮此时偏圆
为了推迟这次永别，我几乎用尽一生的时间

"连坟墓都会死的"

死得多么彻底啊，"连坟墓都会死的"
——所以才举世庆祝无意义

——那么，这是否意味着一个人
至少可以有三次死亡的可能
他的灵魂、他的肉体、他的坟墓

噢，与可

——噢，与可

你说你的体内有座死去的城
　　　一座悲悼的城
火焰刻进记忆，闪电铸入青铜

——噢，与可

你说你的体内有个不醒的梦
　　　一个家国的梦
开似满树繁花，默如一口沉钟

——噢，与可

你说你的体内有条倒悬的河
　　　一条回流的河
淌着生之暗影，载着耿耿涛声

——噢，与可

你说你的体内有处新添的冢
　　一处葬心的冢
清晨头枕红日，入夜背负星空

敲石头

——命该敲打石头的人
继续低头敲打自己的石头吧
不要心存侥幸，心存
侥幸的人，最后都会不幸
——我们在为上帝工作
但是上帝身边没有我们的座位

无论头上落雨还是落雪
我们都得敲打这倒霉的石头
即使世上没有这些石头
上帝也会把它们创造出来
——换种祈祷的姿势吧
能少敲打一下，就少敲打一下

与林贤治先生北地书

> 凝神之间，我已由你嶙峋的内陆
>
> 抵达开花的边疆
>
> ——题　记

没有邀约，却到处予以款待
在形迹漫漶的精神版图上
这绝对是一个高度自治的省份

即使曲折的路方向也绝对明确
树木独立，花帔兀自在风中摇动
纵有忧伤旷代，仍抽思如缕
焚膏继晷，以史笔为过往留痕

涵春之媚。夏之丽。秋之朗润
经验、观察、思考同时慢慢结晶
每个论点皆出自审慎的勇气
显示着一种精准、大度和从容

当然这不是全部。镜子转暗的
时刻，孩子来不及长大就已老去
一个与现实及自我角力的人
踌躇于善恶，被命运扼着喉咙

内心的坡度如此荒凉如此陡峭
纸上的教堂终会变成纸上的陵寝
受难者，有自己祈祷的方式
信仰仅是虚无预留的一个黑洞

过度修辞终是失度。裂岸惊涛
最是不解冷月的冷。美学的考量
倒是次要的。生之痛：念念
之间：如颅底的地震或雪崩

可能这就是所谓高度自治了
剔骨的词，只对刀刃说话
国体关乎本体。暮鼓有待晨钟

自奉诗

> 我偏爱写诗的
> 荒谬，胜过不写诗的荒谬
> ——辛波丝卡

这说法是不是同样很荒谬
一个诗人的脑子里
不知会生出多少怪念头

而这个时代竟是如此出色
寻常体验一经入诗
即会形成纯粹个人的语义与风格

深入的表达必须被迫克服
——许多美好的事物
以及许多爱、许多痛楚

写也许无效，不写意味着
——绝对的无效
意味着某种同谋或共犯

大概这就是诗的荒谬之处
——写是一种荒谬
不写又是另一种荒谬

更荒谬的是：荒谬的书写

——纵使针对一个

仁慈的国王，也会持有莫名的敌意

夏榆十四行

良知何知，桃花并非总是
桃花，柏舟难载薤露
一个人唯有自己生出自己
才能在暗中为圣言剔骨

经年的雪即是经年的遗恨

几乎所有的人都倾向一元
之独论，善恶之二分
可我们不得不于某些时刻
背负着灵魂的深渊夜行

并从一场溃败里幸存下来

哦，无论诚意是否可以互换
对鱼，最好不说刀俎
且体内的寒山终归是寒的
偏晴时多雪，阴时多雾

系　辞

绝对没有比这更诛心的了
——若起逝者于地下
其古老的积弊，仍会令之齿冷

这里最高的骆驼也穿得过
——最细的针眼
最胖的胖子，也进得去最窄的窄门

到底是种什么样的内循环
——个要命的病灶
仍在不停地扩散、不断地变形

是不是结局真的就如此了
——那些猜谜的
始终在猜谜。做戏的，永远在做戏

没有任何疑虑、任何歧见
——不甘自毁的人
只能自己下手点住自己的穴位

只是系辞，只是感慨系之
——与其在大白天
溺水，不及披着一路星光亡命

雪

读西蒙娜·薇依

二十一世纪，读薇依
整个世界，仍在落雪

不知天上哪一片雪花
载有阿斯弗德的消息*

一种笼罩万物的寂静
一种源自灵魂的追忆

唯有辽远的虚无之感
唯有清洁的精神之爱

哦，黑色卷发的西蒙娜
哦，黑色杏眼的西蒙娜

说是徘徊不去的乡愁
说是缱绻难分的雪意

---

*西蒙娜·薇依葬于英国伦敦阿斯弗德"新墓地"。

惊 鸿

—— 献给那些早逝的天才

除了巨大的天赋，没有别的
——纯粹黑暗的光
更像是来自上帝热烈而急切的一瞥
更像是掠过人间的一抹惊鸿

永远分不清哀悼还是赞颂
灵魂的一族：明亮
灿烂——迅速上升，又迅速陨落
出现得神秘，消失得突然

是一种降临，又是一种奔赴
——这些耀眼的天才
赶在自己的黎明、自己的日出之前
争相将天上的珍宝挥霍一空

耶路撒冷

三千年，时间与时间
纠缠成一团乱麻

即使命运之神的手指
也理不出一个头绪

白天织啊，黑夜拆
黑夜拆啊，白天织

有着新鲜奶酪的味道
有着古老地狱的气息

哦，呼告之上的呼告
哦，哭泣之后的哭泣

——上帝的唇
沾满耶路撒冷的胆汁

策 兰

没有什么能够黏合
黑暗不能
　　血液不能
甚至——爱也不能

时间，已是空白
——这些
　　有毒的罂粟

这些破碎的词语
——来自
　　破碎的心脏

——每一个词
都是绝望的
　　都长着牙齿

——即使死亡
也无法改变

被诅咒的命运

背负着自己的日子
自己的地狱
　　地狱是大火
词语——只是灰烬

读《寒星下的布拉格》，兼寄林贤治先生 *

——布拉格的寒星：幽暗，遥远
　　但是，并不陌生

不仅仅是一个死里逃生的故事了
女人海达从布拉格到集中营再到布拉格
——她用一支饱蘸着黑暗的笔
真实记录下一个人和一个时代的噩梦

父母的死，亲人的死，朋友的死
朋友的朋友的死，亲人的亲人的死
——在罗兹，在奥斯维辛
焚尸炉是上帝的炊具或带建筑的风景

终于，逃脱了解放了活下来了
终于，可以忘我地为国家工作了
——终于，一切终于过去
一切终于过去可并未结束。终于

国家和革命，开始吞噬自己的孩子
终于，海达为自己列出生命的清单

——丧失父母
——丧失丈夫
——丧失名誉
——丧失健康
——丧失工作和受教育的权利
——丧失对党和法律的信赖
十几项的条款，最后才是
——丧失个人财产

寒星下的布拉格。体制沦为一头怪兽
哦，只有用笔取暖。只有用笔还历史以公正
——一部非凡的书，一次漫长而
令人心碎的回忆：冰冷的。布拉格的寒星

没有控诉，没有仇恨，没有报复的
企图与用意。有的只是平静，只是尊严
——以及内心某种适度的
见证的热情。一部书带给人的遐想

可以是无限的：仿佛没有尽头的道路
一部书甚至就是时间或永恒本身
寒星下的布拉格。每一颗寒星都是死亡
印在额上的一个吻痕。哦，曾经

——————————————

*捷克女作家、翻译家海达·科瓦莉的回忆录《寒星下的布拉格》，被誉为极权时代令人心碎的非凡记录。中译本（花城出版社，张芸译）由林贤治先生代序。

小地方主义

如果这还算不上自我加冕
——那又算是什么
一个小地方，也完全可以是
——一顶袖珍的王冠
一个小地方会有自己自制的版图
地方再小也称得上是江山

听出来了吧，你没听错
——小地方的见识
小地方可笑的直白与粗浅
——一个小地方
缺乏天然免疫力，总是易于传染
来自他乡的蒙昧与偏见

也不是什么要不得的事情
坦白说，就我个人而言
——即使一个省份
一个地区的面积也嫌太大
呵呵，一只专业的井底之蛙

坐自己的井：观自己的天

已经很难面对这个世界了
　　——其人已非人
目已盲目。我所说的世界，首先是指
　　一种处境或际遇
至于我的踌躇、我的悲悯，不在百尺楼台
　　之上，不在肚脐三寸以下

寥 落

……落日开始熔金，有粼粼夕光
自一抹如黛的远山斜洒过来
这耀眼的幻景，竟让人有些沉醉

此时，没有事情需要急着赶路
也没有要急着赶路的心情
无数细小的沙砾在脚下轻微作响

突然注意到遗落在路面的沙砾
每一粒都在夕光中投出一个
清晰的影子：又细小，又狭长

好似凭空冒出一片微观的森林
——这灵感式的发现
让微小的沙砾放大了自己的存在

此时，我、沙砾、夕光和夕阳
——已经构成一个整体
凝神的一刻，恍惚有再生的感觉

恍惚已融入久远的自在与澄明
——却不知是否另有隐情
有现实的逼迫，也有本体的忧郁

蝴蝶无非幻化，庄生岂是蝴蝶
——悖谬如此，既是进入
又是逃离，无论梦或醒着，皆有

不能破壁的思维之难与生存之困
哦，倾斜的、树形的小火苗
待夕阳刚一落山，就倏地熄灭了

帝国的诗人

思想是荒谬的。内心是阴暗的
——逻辑是混账的
难得一个二流诗人竟有如此自觉
凭空负起荣耀帝国的使命

帝国的诗人？是不是临场失态
——是不是蓄意僭越
向来是帝国与诗人、诗人与帝国
怎能让时间重新退入黑暗

并取消古老的敌意：人类存在
——最有活力的部分
莫非念念之间，不期而至的灵感
终于突破原型的困境：或

不死的蒙昧主义以悦耳的音韵
——在诗里可耻地复活
从而以荣耀帝国的方式荣耀自己
三匝之后，已有高枝可依

帝国答应了吗？帝国点头没有
——老派、傲慢的帝国
真会看上一个不长记性的诗人么
若被拒绝呢？桂冠在一边

诗在另一边。昨天那么急吼吼
——今天又这么急吼吼
而帝国庭院自有不朽的夕光回照
有蝉声如雨，有蛙鸣如鼓

诗之一说

这清浅的湖水几乎总是透明的
潜行的鱼群很难看出悠闲还是忙碌
——它们时而倏地聚在一起
时而又倏地散开，水面风荷高举
有无数碧绿的荷叶亭亭如盖
鱼儿出没，不时搅起小小的涟漪

谈及诗事，传统何辜，文化何辜
——不管是否，它们自在那里
自有令人肃穆的深度和高度
一首诗好或不好，并非直接源自于此
——但也并非与此完全无关
无论争议或探讨，无论沉思或叩问

皆是趋向当下深刻的理解和对话
若自己的体是虚的，张力尽失
精神为时所蚀——灵魂自生癌变
御敌的刀剑，甚至自卫的铠甲
都已坏朽，坐骑就是乌骓又有何用

一块砥石再好也不能用作兵器

概念不能混淆，逻辑不能置换
真正的诗大多是痛的，如刺在肉中
看不见，拔不出。说湖水清浅
鱼群在游动，是唯美的、至善的
可颎底何故尖叫呐喊，且风起
青萍，亦会心生难隐的挫败之感

出售黑暗

——读薛振海《出售黑暗的人》

黑暗是否可以出售，黑暗若可以出售
——将如何为黑暗定义
又如何阐释黑暗的功能及属性

而出售黑暗的人，本身黑不黑暗
对黑暗是否有足够的认知
这并不重要，并不是第一义的

其实，我想明白说的是，当今时代
——生存经验日趋立体
一顶小红帽不宜再翻来覆去变形

观念无非看法而已，抽象或具象
悲观或乐观，皆个我之表达
当不外乎肯定一种，否定一种

如果眼前这些黑暗，纯粹本土研发
——本土制造就更好了
黑暗即困境，即必要的存在之问

资源可以共享，但语境不能互用
天外的星体是天外的星体
而自家的水瓮则是自家的水瓮

可我也好奇，黑暗的人隐形于黑暗
——是不是像一粒沙子
在蚌壳里藏身，在黑暗中磨砺

在黑暗中等待，在黑暗中慢慢结晶
——最后形成珍珠：圆润
饱满：像黑暗的君王：通体光明

雪晴帖

雪晴。去憩园小憩。冬雪新降
——一个人漫不经心
随处游走，脑子里像藏有一只蚁穴
不停出没着没有由来的杂念

斜坡缓缓转过弯去，右手一侧
寂静的雪地上，有麻雀无数
有枯树若干，受惊的鸟儿骤然卷起
——像一阵大风，从雪中
忽地落满树枝，重新变回树叶

不禁为这些小小的精灵所触动
一只鸟，因卵而生，且五官精致，五脏俱全
——由最初一团柔软的绒毛
渐渐生长出可以自由凌空的羽翼

然后，天地就是广大的居所了
以露水解渴，以草虫充饥
——而其一生所求，大抵如此

这些鸟，唧啾着，蹦跳着
起起落落，周而复始，无所挂虑

白雪之上，没有希望，没有恐惧
——这些活跃的小小的身影
在落雪初晴的一刻，让你看见，鸟之为鸟
不须思辨，不须信仰，不须主义

有 待

没有明月的青山不能算是青山

松树不算，枫树不算，鳞叶的柏树
不算，桦树不算，栎树不算
绿云一样绿遍山阴的竹林不算
红云一样红满山阳的桃坞不算
鸟啼不算，虫鸣不算，三月的杏花
不算，蔷薇不算，兰草不算
飘雪一样飘在空中的柳絮不算
落雪一样落于水边的梅花不算

天上的流云不算，心底的波澜不算

——为了曾经的那轮明月
有人数九天光着膀子在野外打铁

——为了那轮曾经的明月
有人七八月裹着兽皮去山中铸剑

临　湖

临湖立久了，低沉的远山
渐渐有了些忧愁的模样
看上去这忧也似愁，愁也是忧
且近思不近，远山不远

如烟新柳已随风婀娜起来
窈窕起来，纷披的长条
摇过来，摆过去，都是一种撩拨
都含有深长的意味和欲念

夕光内敛，天色多了些黯淡
——又多了些黯淡
终于还是来了：像马匹冲出马厩
像心里的悬河突然溃坝

何不一手抓住北斗的把柄
将无数过往的日月掀翻
听耳中大水喧哗，看游动的鱼群
互提短刀，纷纷跃上堤岸

譬 如

譬如你能不能真正像个好木匠
——拒绝使用铁钉和铁锤
耐心开卯与榫接,将散乱的木料整合
在一起:至少隐蔽的榫卯
可以现象美学修饰暴力的本质

譬如你能不能不要像个旁观者
——不哭,不笑,不指责
不愤慨。谈论时代的是与非,曲与直
说人世熙攘,不过是一些
欲望的圆锥形或堕落的长方体

譬如你能不能不让我扛着草杈
——上山擒虎,拎着罟网
去下河锄地,不让我白天是天上的鸟
夜里是水里的鱼,不让我
既大声欢笑,又塞满一嘴污泥

孤独种种

每一粒果核都囊括着一个世界
——囊括着一个小宇宙
从日月到江河，从天体到草木
　　　　　从虚无到万有

怪不得愣是有人一愣愣过一愣
一地薤露自觉亮过满天的繁星
黄土峁峁上的枯柳，条分缕析
终于论证出自己是众鸟的首领

不满足曾是耀眼的黄金和火焰
一只猛虎已单独成为一片山林
山林绝非山林，日夜作君临状
虚怀着天下极权的辽远与沉静

一朵白云恨不得变作一块顽石
一块顽石却羡慕着山中的走兽
一只走兽独自在落日里走累了
想就地睡成谁也搬不动的山头

啄木鸟已倦于长久的啄木生涯
做梦都想化为一枝带雨的梨花
蹲坐在矮板凳上的天使哭泣着
一门心思巴望摘掉背上的翅膀

大山再大不可能自己推翻自己
顶级间谍也打不进铸铁的内部
有人在泪水里看见着火的地狱
有人从草叶上听到天堂的风声

说　鱼

一尾一动不动躺在案板上的鱼
——几乎就不再是一尾鱼了
轻薄锋刀随着你的手势任意游走
先是快速去鳞，然后精细剔骨
像在为一篇讣闻去掉多余的修辞

你说：这里总共用了十二种刀法
十二种刀法好比十二种还魂术
每一种，都能唤醒鱼的一个侧面
且完整的鱼骨，已无任何阻力
似一个浪头从所有的浪头里跃出

你说：天下所有江河里的鱼都是
同一尾鱼，都游不出你的体内
说：所有波动仍是最初那个波动

蝴　蝶

哦，一只什么样的蝴蝶
　　似梦里落花，似落花入梦
盈盈的翅膀，轻轻一动
　　大地就掀起一阵飓风

哦，一只什么样的蝴蝶
　　如日临秋水，如月点波心
使江河不废，青山不废
　　草木不废，稼穑不废

哦，一只蝴蝶也许关系
　　帝国之兴亡：凡是那小觑
天下的，那心有磐石的
　　焉知花开，焉知花落

哦，一只蝴蝶自会规划
　　日常的出行：偏右或偏左
暨江南江北，山东山西
　　有饮水处，就有传说

哦，传说此蝶曾在岐山
　　听过凤鸣；曾临碣石，留有遗篇
说此蝶曾用前朝的记忆
　　点燃一场真实的大火

虚·度

> 生命就是用来虚度的
>
> ——无名氏

两手空空的人还是空手下山去了
——这近于直白的表达
将一个暗示推向一种命定的高度

当然如此,生命既有虚度的可能
——也有不虚度的可能
虚度或不虚度,从来是各有指称

譬如,一个人自己用竹篮打水
譬如,一个人自己从水中捞月
譬如,一个人自己在月下解梦

譬如披鳞的思维之鱼,不顾死活
——从虚无之海噼啪跃出
恰人间晴好,有山水载道,有清风入松

譬如手里的一只雀,和树上的
一只雀,和词语里的一只雀
和概念里的一只雀,和意义里的

一只雀，永远不可能是同一只雀

每只雀都是一朵啼血的桃花

每只雀都是会飞的长着翅膀的歧途

而欲望所有的日子都是簪花时光

——唯怕河柳无名，怕南山

终老，怕毁于秘不示人的自宫术

桃花帖

恰花期如约，隐匿的桃花若斑斓的群鸟
自黑铁一样虚无的枝头争喧而出
存废并置的冬日之书终于翻了过去
每一树桃花，都自带一身假释的快意

三月的东风不得负，四月的雨露不得负
——命里注定的桃花之劫不得负
嫩黄的花蕊、浅红的花瓣、深红的花托
玲珑如幻美的祭坛，三位正好一体

繁茂的夏日和桃花无关，饱满、多汁的
秋天和桃花无关。桃花自是桃花
绽放即宣示，即自决，一次花开
即一次庆典，一次盛大的遗忘与出离

关于爱

该为旧的叙事清场了
——国家的仓库
到处堆满了语言的废料
——所有的表达
　　和书写
愈加倾向荒废的一面

岁暮时分，重新检点
——青涩的少作
干净的稿笺，稚嫩的字体
——犹如小小的
迷途的蝴蝶，仍在风中
——嬉戏与沉浮
仍在追逐遗落的诗意

喏，也许我的嘴笨拙
——可是我的心
　　却明亮
预感这个世界终会由一次

——伟大的独断
　　或雄辩
重新赋予时间以重负

说出的及没有说出的
——仅仅关于爱
　　关于爱
这个船舱早已漏水的词
——从哪一时刻
开始向海底快速下沉

背　影

就这样，默默转过身去
——让自己像一只
沉入海底的锚，那样安静下来
并且倾听海水深处的呼吸

然后，思绪或欲望的鸟儿
——就会自由飞翔了
然后，让潜在的意识开始流动
让你清白的背影对我说话

只有背影是拒绝谎言的
只有背影，才会准确表达内心
一个背影比一张面孔
更坦率、更自然、更生动

愤怒或忧伤。冷漠或热爱
——会哭泣、会欢笑
哦，一个背影像一条渐渐走远
——又渐渐向内折回的路

不止是一次激动的历险

——有细密的织锦

有曲折的回文。即使微小的欲念

一样有着清晰可辨的光影

纸　上

哦，那些热衷于纸上劳作的人
会不会有近忧，也有远虑
——这些白日的梦游人
在纸上构筑虚拟的马厩或宫殿
且美其名曰：个人的文字狱

哦，那些在纸上建立领地的人
若挡不住偷尝禁果的诱惑
将笔触探入国家最敏感的部位
滥用幻象带来的潮湿和快感
让确切的词性失去客观与冷静

哦，一个国家会不会像一块
咬人的石头，随时打算着跳起
并亮出尖利的牙齿："小子
你弄疼我了，那就等着瞧吧
即使活够了，也不必急着找死"

哦——待命或打击，一个国家

永远会自动做出本能的反应
其实，从文字的狱，到文字狱
———个助词的存在
却另有天意，另有宿命的解释

代拟猛虎辞

很久了，那只皮毛斑斓的猛虎
——就那么一直在我
又年迈又倦怠的身体里静静蜷伏着
令人不禁怀有些许轻松和快慰

这一生有太多记忆、太多积怨
——都与人类的兽性相关
有太多不幸，有太多不必要的流血
还有太多的伤痛始终无法治愈

也许是幻觉吧，里面的这只虎
——大约已经在渐渐内化
或我与虎：已合二为一：我就是虎
虎就是我。分不清主体与客体

没人知道我有多小心、多恐惧
——即使假寐也是好的
千万不要让任何人把这只猛虎惊醒
虎是嗜血的，嗜血是虎的天性

真的很难仔细描述，这么多年
我的孤独。我内心的折磨
至今我仍看得见那虎在栅栏里打转
有灼人的目光，有沉着的步履

绝对不能惊动。绝对不能吵醒
要想出办法灭掉这个物种
我甚至暗下决心，大不了玉石俱焚
安定的日子可伪装成一座陵寝

可惜所有的努力仍旧归于失败
虎还是醒了：开始不停打转，咆哮
——整个大地都在颤栗啊
玉兰开花的夜被杀出一条血路

终于阻拦不住了。终于放弃了
当腾空的烈焰燃起冲天火光的一刻
——命运不幸就此定格
归山的虎，会重建自己的秩序

独　处 (A)

或有一种孤独可以噬心
或有一种寂寞能够啮骨
生命好比一粒扁圆的苦杏核
杏核太硬——杏仁太苦

山高月小，会自成一番
——澄明的大境界
水落石出，更有一种难言的漫漫
潮水退去之后的真滋味

说人类精神性的存在
已被现实之恶抵在了墙角
所有呼吁，所有祈求
只能加剧内在的溃败与瓦解

时间或许最后会说明一切
或许什么也说明不了
当然，一个人可以选择留下
或是离开。哦，孤独的人

是可耻的？那也只能如此了
——可耻就可耻吧
在这样一个年代，做个可耻的人
或做个诗人，分别已然不大

孤独像铁锤，寂寞像铁砧
体虚的日子被火钳牢牢夹住
心与性，必须在铁砧和
铁锤之间，遭受反复的锤打

独 处 (B)

真有一种孤独能深入人心
——真有一种寂寞
可以针砭至骨。问废去的河山
或分身夜行，或狼奔豕突

山高月小，到底境界难成
人间何曾自在与澄明
水落石出，则完全可能另有一种
不堪的真嘴脸、真况味

说法可笑。说精神的存在
已被现实之恶抵至墙角
那被抵在墙角的，又何尝不恶
看看哪个不是天生的坏种

其实，时间说明不了什么
最好什么也不予说明
一个人自然可以选择离开或留下
呵呵，如今活着即是呵呵

呵去呵来的，又呵来呵去
——可耻就可耻吧
光阴无偏废，当今无论如何做人
都一样无赖、一样的可耻

即使孤独像铁锤，寂寞像铁砧
即使炉膛只剩下最后一粒火炭
——即使最后举国土遁
即使将哗哗流水打出假想的铁块

读罗勃特·哈斯

又一次惊惧于颅底突如其来的幻象
世纪的亡魂在空中徘徊并咳血
读的是哈斯，想的却是策兰。策兰
这被黑暗吞噬的诗人，关于人的命运
究竟还向我们隐藏或保密了些什么 *
—— 属灵的部分，绝不可能溺水
只能死于强烈、持续的喉头爆破音

如果没有策兰，如果没有奥斯维辛

真不能对一个诗人有更多的企求了
我已无法说出内心的感动和认领
凭着怎样的个体之力，才能将一片
辽远、雄浑的大陆，移入诗歌的托盘
他的诗，分量几乎与现实完全相等
有内在的光。有丰饶的大地之爱
有隐忍的人类之痛。奥斯维辛之后

策兰之后，有个新的亚当是重要的 **

---

*策兰，拉丁文里的意思是"隐藏或保密了什么"。
** 罗勃特·哈斯诗集《亚当的苹果园》，远洋译，江苏凤凰文艺出版社出版。

退思录

似乎到了一定的年纪
人就不可能再爱了
——无论是国家政体
抑或蚀骨的美人
不管肉体还有怎样的念想
与不甘，可这易感
易倦的心，深知爱之难

即使不能授受，不能
以沫相濡，仅有眉来眼去
仅有花前月下，湖之畔
水之湄，想想也是美好的
何况现在一个政体或
一个女子都有娴熟
自然的化妆术与易容术

总是默默惊讶于造化
和造化的垂青与眷顾
——上帝的雕刀

究竟用什么手法创造出
这幻象一般的存在
有人辗转反侧，有人衣带渐宽
有人纵然九死犹未悔

可现在确实不能再爱了
——不是爱的多
而是爱的少。爱的太少的人
——不知如何爱
爱不是，被爱亦不是
人这一生怕就怕
不能爱、不会爱、不曾爱

与王家新游大同火山群

万物匍匐，苍茫之中，群山之上
———枝风中挺立的野花
犹自扎根于泥土，犹自摇曳生姿

不知这灵动的瞬间，是否会暗自
转换成诗（诗人的头脑像
隐蔽的密室），词语习惯在寂静中工作
或是凝神沉思——或是临风追忆

出京门，出居庸关，向西，向北
一路驰驱——并非仅仅为了
使沦陷的日子多出一些地质的记忆
多出几块黑色的、死去的火山石

夕照很美，很辽阔，有云如嵌金
堆雪。令人期待一场不可能的雪崩
明亮的阴影，把眼前的大地
分割成深绿的部分和浅绿的部分

似乎自然而然，似乎又另有深意
——时间：2014 年 8 月 8 日
几个因暮色降临而面目渐渐模糊的人
——既满怀喜悦，又心披缟素

忧 愤

对放逐的屈原是一次沉江
对囚秦的韩非是一次饮鸩
对恨世的鲁迅是将生命
浪掷给一篇篇速朽的杂文

——即使一个罪人也有
　　明确的价值观
——即使一把手枪也有
　　清晰的认识论

——即使一场秋风也有
　　坦白的记事
——即使一只乌鸦也有
　　剀切的陈情

别动不动就想喝干黄河、渭河
并从天上搬来一吨吨乌云
现实的世界自有无情的铁律
矛盾修辞最怕逻辑上矛盾

——明亮的证言一经涂抹
春草池塘，即成霉变的渊薮
——闪耀的星辰稍加幻化
园柳鸣禽，便生吸血的蚊虫

所谓兼济，懿行暗合着私欲
——怀忧的早无忧可忧
所谓慎独，锦匣隐匿着刀刃
——造梦的已无梦可梦

沧浪之水浊兮，可以濯吾足
沧浪之水清兮，可以濯吾缨
何以濯吾缨兮，沧浪之水浊
何以濯吾足兮，沧浪之水清

——不与山中顽石立约
——不与人间草木结盟
——噫归去来，归去来
忧又因何而起，愤又缘何而生

追 日

思接千载，只不过是短短一瞬
山重水复，同样是短短一瞬
颅底歌声仿佛自远古遥遥起伏而来
天上地下，到处有晃动的日影

一场虚构的历险就这么开始了
听得见召唤，也看得见前程
此时，山上山下层层叠叠郁郁葱葱
挂满红白、饱满、多汁的桃子

那被追赶的太阳，可以是一切
可以什么也不是。日与夸父
——是不是在互为喻体
有没有可能突然出现戏剧性的反转

珥两蛇的夸父。持巨杖的夸父
——喝干黄河渭河的夸父
在以命与日竞走的夸父。或许夸父
曾经与日有约：倒下即告完成

哦，一个人久久徘徊于崤函之野
——看浮云变化，听风细语
即使是再伟大的事件也得有个了结
喏，试想：若夸父不死，谁死

谒李商隐墓

于今腐草无萤火，终古垂杨有暮鸦
——李商隐《隋宫》

曾经的锦心绣口
就这么化为乌有了
隔着这一抔黄土
你吊隋宫，我吊你

这隆起的荒凉的坟冢
应当是座文字冢
那么幻美的一个灵魂
绝不该有什么肉身

——绕墓走走吧，走走
心里的淤积就清空了
——绕墓走走吧，走走
颅底的波澜就平息了

一匝，二匝，三匝
先是顺时针：算是后来者
一个也曾唯美的人
虚怀着仰慕，作礼如仪

一匝，二匝，三匝
然后逆时针：晚清，晚明
晚宋，上下弥漫的
尽是腐烂和亡国的气息

一匝，二匝，三匝
再次顺时针：回到自己
——叹桂堂多情
画楼多梦，人间从来多风雨

哦，就是最常见的那种
淡淡红，淡淡白，淡淡紫
——坟丘上开满牵牛花
牵牛花。义山墓。无题诗

杏花碑 *

何谓长存——何谓不朽
一块功德碑，立了毁
毁了又立。一块碑
——绝不仅仅是
一块石头，刻着文字

曰治世。曰警世。曰醒世
一部《资治通鉴》
一句："臣光曰"
道尽一颗忧世伤怀的心
道尽天下——所有的忠直

说命运，不过斧钺之相斫
论历史，只是时间之残骸
一个专业、伟大的政治钟表匠
——打开密封的底盖
让人看清钟表内部的构造

细读杏花碑。详察杏花文

乃痛感人间事业

——歌功之必要

——颂德之必要

——立碑之必要

以及一切推倒重来之必要

---

* 北宋年间，因为党争，司马光身后的功德碑（碑铭由苏轼撰写）
几经毁立。因被毁的断碑曾被埋在一株大杏树下，故名"杏花碑"。

鸣条岗 *

——独别鸣条岗，暮色已苍苍
哦，似有千枝万柯，犹自随风摇响
请恕我，来时无言，去时无语
——唉，难过啊，涑水先生
这世间险境，仍悬在人心的断崖上

* 司马光（1019—1086），字君实，号迂叟，山西夏县涑水乡人，
世称涑水先生。司马光祠坐落在夏县城西的鸣条岗上。

日落潼关

畿内之险
惟潼关与山海关为首称
——《山海关志》

——甚至，古潼关
连一个侧影都没有留下
——甚至，古潼关
连一点遗骸都没有留下
——甚至，古潼关
似乎根本就没有存在过

今天没有多少人知道了
脚下这片沉寂的废墟
在古长安和古洛阳之间
曾是多么伟大的支点
已经彻底消失的古潼关
绝对是个屈死的冤魂

——曾危墙耸青山
在在金戈铁马之峥嵘
——曾塞垣限大河
念念人间兴亡之慨叹

——而我此次前来
心有戚戚，满怀怆然

只能临风默默地凭吊
只能登高遥遥地怀古
——徘徊复徘徊
——无言复无言
天天日出。日日日落
多少落日。落在潼关

新绛天主堂留别

有些伤痛，恐怕终其一生
——都是难以平复的
望着天主堂塔尖的十字架
看见的却是深渊和黑暗

这是高处的高处，是所有
眼睛都能望到的地方
哥特式大教堂像一个奇迹
矗立在无神论的土地上

晚祷的潮水一波一波涌来
爱是最高的那个浪头
静坐在教堂拱形的穹顶下
似有星辰自虚无中升起

虔诚的祈祷像是一种确认
又像一种伟大的引领
活着并怀有一颗谦卑的心
多么珍贵，又多么重要

说不出是怎样的一种信赖
——有感动，有呼应
有一种存在恰如一种缺失
用缺席为生命留下隐痛

如果天主真的是爱，那么
祭坛最好安放在心里
献祭的人，只要知道自己
是谁，知道和谁在一起

石头记 I *

将世界处理成垃圾之后
把人类还原为肉类之后
——甲午年五月十七日
由诗入佛的石头
在乌马河旁观月，又狠巴巴发愿

"把对面的青山删掉

把哗啦啦的流水删掉

把蛙鸣删掉

把影影绰绰的树木删掉

把布谷鸟的叫声删掉

把那辆呜呜奔跑的汽车删掉

把狗吠删掉

把村庄删掉

把微风删掉

把嗡嗡掠过的飞机删掉

把天空删掉

把黑夜删掉

把十二点头顶的圆月亮删掉"

——删掉这些
似乎就可以明心了
——删掉这些
似乎就可以见性了
——删掉这些
石头似乎就不再是石头
——删掉这些
石头似乎就会变得透明

其实，极有可能的是
对面的青山把石头删掉
哗啦啦的流水把石头删掉
蛙鸣把石头删掉
影影绰绰的树木把石头删掉
布谷鸟叫声把石头删掉
呜呜奔跑的汽车把石头删掉
狗吠把石头删掉
村庄把石头删掉
微风把石头删掉
嗡嗡掠过的飞机把石头删掉
天空把石头删掉
黑夜把石头删掉
乌马河畔，十二点
头顶的圆月亮把石头删掉

以免一块自我琢磨的石头
佛心未见，凡心已了
——最后断然出手
自己把自己彻底删掉

---

* 石头，山西诗人，著有诗集《瞧，这堆垃圾》《肉》《无所诗》。

石头记 II

大隐隐于绝望兮小隐隐于苟且
——读石头的诗
有此一句,于愿亦可足矣

喜欢石头在云南马雄山吼叫
喜欢石头的心里有鸟鸣
喜欢石头秉烛夜读白居易
读出白的犬儒,唇寒不顾齿冷
喜欢石头冒雪去访元遗山
像只黑色、不祥的大鸟
翅膀在雪地上一阵阵猛拍
对着遗山的墓碑没遮拦地哭喊
"这是大悲凉,大悲凉哪
——冷风吹着你的大悲凉。"
喜欢石头把遗山的悲凉
认作千古之悲凉与一己之悲凉

阴天逼仄。喜欢石头此时没有
想起别人,唯独想起顾准

——此时只有石头
看见极权时代的拳脚落在
顾准的头上：暴打里面的思想

读石头。读至此处。可以一顿
——噫嚱，何日与石头
　　去卦山龙爪柏下一坐
对雪。听风。看浮云。无可。无不可

简述罗兰·巴特三篇哀痛日记

1

最后一天。在梅伊尤拉
早晨。太阳。一只鸟
歌声。又清亮，又缥缈
　心像孤雁一样孤单
　又像哀鸿一样哀鸣

——只要想到妈妈
想到妈妈临终的一句话
　我就开始哭泣起来

"我的罗！我的罗"
——就是这句话
　使我的精神空虚
——就是这句话
　让我的天地坍塌

2

悲伤是巨大的。再也不能
把双唇贴上她
凉爽的、皱折的面颊

在我的办公桌上
妈妈在照片里，还是谢纳维埃镇
冬季花园中一个
安静、漂亮的小女孩

妈妈的仁慈如正午的阳光
——覆盖我，淹没我
这张已经有些发黄的照片
使我一生的奋斗与努力
归于无效。一切毫无
意义！一切毫无高贵可言

3

忍受着妈妈去世带来的痛苦
没有她的日子，是多么漫长
大海一样辽阔的悲伤
离开了岸，便一望无际
——我已不能谈论她

对她进行令人心碎的描绘

(我沉浸于我的悲伤之中
这种悲伤使我感到快乐)
哦，我又梦见了妈妈
——我看见燕子
在夏天深蓝色的夜晚飞翔

仅仅是盏带褶皱灯罩的灯
细细的灯绳正在下垂
我想起往昔那些幸福的情景
她就带着生前的笑容
突然出现在了我的面前

巴黎下了许多的雪。而她永远
不会和我待在一起看下雪了
永远不会让我给她讲雪的故事
——那个谢纳维埃镇冬季
花园中，安静、漂亮的小女孩

中秋帖

妈妈，天上的月亮又圆了
可我仍在独自枯坐
月色自有隔世的冰凉与清冷

妈妈，我又看见儿时的我
依旧欢绕在你的膝下
且痴痴地笑，痴痴地望着你

妈妈，我也快近暮年了
那时你的眼睛
是那么黑，那么亮

妈妈，我猜不出人的谜底
——始终说不出
埋在心里的痛与爱

妈妈，天上的月亮又圆了
妈妈，天上的星星可真多啊
妈妈，听得见我在喊你吗

妈妈，来年的春风一吹
怕是幽冥的河畔
又会生满人间的青草

与马永波

即使没有这些专业的装备
我也相信你的决心和脚力
但我依然惊喜地发现
——一个远大的目标
对应着一个非常精准的起点

如今回过头来，以冷眼看去
——一切是那么平静
一切又是那么的波澜不惊
没人知道，这将会是一次灵魂的历险
会是一次孤独而辽阔的远征

时代的狂飙突然沉寂下来
言辞疲惫，抒情已成为一种疾病
——而众神终于星散
雷霆过去之后，暴雨过去之后
时间的锋芒开始向内卷曲

——能不能更确定一些
——能不能更朴素一些

——能不能更诚挚一些
理解世界，能不能从我们自身
——从每个词语内部开始

以一种伪叙述拒绝元叙述
——对于困境中的表达
这不仅是新的形式和策略
——国家当然不宜专制
那么诗人呢，也不该独断

批评必须付诸清明的理性
——真知永远重要
试着从此在中写出存在吧
没有此在，存在何在
深刻不是出自简单的取消

或否定——时间的雕像
不能没有坚实、稳固的底座
所有深入地下的桩基
及础石，都是为了构筑思想
——这唯一真正的主体

与一条完整的河流争论源头
——是可笑的：永波啊
群鸟之喧喧，何妨用来娱耳
——每一条伟大的流水
都会目睹许多短暂的事物经过

锦 鲤

能够微笑面对的事物不多了
——这一泓清浅的水
这几尾游动的锦鲤，对今日之我
绝对是个意外，是个惊喜

锦鲤于我，如蝶之于庄周
——该是何等快事
一泓清水，滄滄似梦
且有深度的意象幻入幻出

当然，谁也不可能虚构
——锦鲤的传记
这一池澄澈，这一汪清浅
自有无法预知的波澜

每一尾锦鲤，都是一个
完整、自足的主体
每一尾锦鲤都以虚无为边界
以彼之缄默对此之缄默

若锦鲤是我，不难习惯
沉浮无法自主的日子
如有歌吟，不能不诵闲情赋
不得不咏——饮酒诗

若我是锦鲤，第一时间
——即刻披鳞入水
然后慢慢适应清洁自在的生活
慢慢适应这身绚烂的锦衣

预 感

终于证实了自己的预感
终于明白这么多年
自己为什么活得像个十足的白痴

哦，不妥协，不甘心
要么沉默，要么争辩
一面不停地呕吐
一面拼命地进食

不是没追问，不是没倾听
不是所有铁轨都在平行
——只是没有感应
只是没有值得期待的回声

所有的病象都是心象
所有的手段都是障眼之幻术
文学如此，美学如此
性命攸关的政治尤其如此

这个国家究竟怎么了
金钱取消一切，又替代一切
灵魂彻底清空，语言
失去内涵，表达失去意义

这就是我们时代的精神状况
——如果描述准确的话
已经不是诊断了，是在验尸

有 寄

说有寄，其实早已无寄可寄
国家突然转身，日子试着公开变脸
——犹如徐渭划却
青藤，外王彻底废去内圣

异质兼具多种形态：不谅解
不释怀，不宽容，不洞达，不清明
你拒绝给予的，我自会去找
饥不可以择食，饮鸩也算止渴

走过了千山万水，千山万水
——仿佛已怡然走过
哦，一条磨道上的八千里路云和月
仍旧磨不尽人心这粒麦子

这世界究竟是什么样的世界
忽而大风歌，忽而薤露词
可惜项上好头颅，如无法越冬的果子
只能在暗中，一颗一颗烂掉

分行而治

第一件事就是全面删除
——生着媚骨的词

阿谀的不要
奉承的不要
见风使舵的不要
察言的不要
观色的不要
左右逢源的不要
称颂的不要
称圣的更是不要

而所有的荣耀
所有的虚无
及所有的怵惕
所有的不安
全部出自这个宿命的
天启式的短句

诗人与诗
乃命运之共同体
诗不仅是一种
分行的艺术
同时还是分行的
诉状与证词

即使分行而治
也难以在行
与行之间
建立有效的统治
一个诗人最彻底的失败
并非思想的无能
是自己的良知
死于自己的治下

伐 我

又是啄食自己内脏的时刻
又是没完没了没有结果的战争
——无边无涯的风与月
谁在荷戟彷徨，谁在横槊赋诗

那从正面冲上去的，又从
侧面溃下来。乌云一样的占领
潮水般的退却，处处有
烛天烽火，在在是杀伐的声音

不外是兵器史上的冷兵器
城头白刃相交，街角斧钺相斫
每座营垒都有危机四伏
每次奔袭都在心里存着侥幸

也许早就不知为何而战了
只是不肯止戈，只是不肯休兵
——可怜在山的泉水
犹自一路呜咽，一路悼以哀歌

空前的惨烈和痛楚：既是
凶狠的内伐，又是卓绝的远征
乃未知之我同已知之我
开战，且互有攻防，互有胜负

无非是以子之矛攻子之盾
无非是劫掠，无非是以我伐我
无非将刀耕火种的日子
重新还原为寸草不生的焦土

论可能的生活

这种说法是完全是自明的
——修正一种生活
要从修正一个人使用的语言开始

若一种语言严谨、质朴、硬朗
——甚至直言不讳
对自身也存有必要的警惕

这种语言是尊贵的，会塑造一种
——与之相应的品质
这种语言是宝石里的宝石

若一种语言晦涩、游移、隐忍
——字与字，词与词
或旁敲侧击，或互设陷阱

这种语言是淤滞的，会彻底吸干
——滋养生命的水份
这种语言是沙砾中的沙砾

语言终归是人的一面镜子
——真正深刻的思想
有清晰的逻辑，也有准确的语义

赋予我们当下这样一种存在吧
——既正直，又坦诚
并心怀伟大，且自甘渺小

这可能的生活不知是否可能
——舞台以外的一切
表演，都是可憎的、令人生厌的

君王帖

呵呵，滚水锅里煮羊头
皮肉早就烂了
不过嘴巴还硬着

很好。命名者当然极是
诗人是云彩的君王 *
诗人是风与光的君王 **

且没有疆土，没有臣民
是唯一不用世袭
唯一不用竞选的王位

不讥笑这自我的加冕了吧
——诗人对世界
已有足够的体察和悲悯

尽管王冠是荆棘编成
王位由虚无打造

可君王毕竟还是君王啊

---

* 美国诗人罗勃特·哈斯诗意。

** 叙利亚诗人阿多尼斯诗意。

九月的向日葵

盛大的夏日一去不返了
金色的冠冕渐次凋谢
——九月的向日葵
低垂的头颅是越垂越低

这是剩下的最后的时间
——九月的向日葵
颗粒无论多少，结局已定
头顶的天空已没有颜色

闲荡在安静寂寥的田野
我仿佛九月的夕光，又仿佛
——九月的向日葵
只是简单存在，不再思索

存在的意义：处境恰似
绝望、待决的囚犯
一面细数着临刑的日子
一面陷入遥远的回忆——

那童年的意象遗忘很久了
一只落在雪地上的红嘴鸦
——眼睛像不安的
黑宝石，在睡梦深处转动

秋日漫笔

切记：不能有太多苛责
——太多的不知足
做人如此，写诗也如此
三年写一首或一天写三首
——但凡能量皆守衡
时间自有秘密的平衡术

写不出的，就在心里先放着
——该是你的绝对
是你的——不是你的
就是天天拿头撞墙也没用

羚羊是羚羊。山雀是山雀
兰花是兰花。蝴蝶是蝴蝶
且一不能化简，二不能通约
石头想走也长不出脚来
虚拟的雪可以是蓝的
抽象的强光甚至可以养眼

树在扎根的时候云在飘着
有人弹冠，有人弹肖邦
一个梦让一枚钉子学会自拔
让孤立的山峰，突然倒悬

该说出个人看法的时候了
思想深点、浅点没关系
——左右都是立场
黑白都是本色。反正都是观念
——并非不能并置
并非没有内在的互文性

你可以把头顶漏雨的房子
——转述成叙事的宫殿
但不能指着自己流血的伤口
对自己说——哦，人类疼

停 云

霭霭停云，停在壁上
满纸云烟的山水里
暮色中众鸟喧飞，繁花自燃
一丘一壑，尽是斑斓秋色

早烦透了楼下嘈杂的市声
——不过偶尔也会
呼朋引类，在就近的小酒馆里
痛痛快快大口喝上几杯

不过半是遣兴，半是解忧
暮岁的落寞多少是有的
可预先有约，不谈时事，不作时评
升斗小民，耻于拿国家下酒

怕是终日书空，一人早已坐废
不知如何给剩余的时间定位
尽管有些无聊，有些自嘲
但还是清理出部分人生的烂账

除了穷点，似乎也没什么特别
对不起这个世界的地方
虽然为了内心那一点点的坚持
会与人绝交，会与时反目

价值诉求应该有诸多不同的方式
——我只选其中无辜的一种
希望灵魂不会因我的作为而羞愧
——而跪在自己的坟头痛哭

停云霭霭，停在天边
盈盈欲穿的秋水里
这暮晚，这一壁照眼的繁花
意念深沉，且蓬勃地开着

暮岁读陶潜

看世间的争斗已经看得很累了
——所以就早早挂了冠
开了国家的小差，成为一个朝代

最著名、最了不起的酒徒和逸民
——源头一向是不洁的
几乎所有典籍，所有的文字

都记载着人性黑暗的部分
——越是美好的事物
越难以持存。只有酒是喝不够的

只有菊花和明月，是亲近不够的
——伟大的废墟始终
在高处：最荒凉，也最深远

多想迫使体内的日子再次开花
——如迫使死去的鸟儿
再次啼叫，再次生出会飞的羽翼

千年时间风吹一吹也就过去了
——而一次深入的阅读
堪比一次拜谒：开卷，然后掩卷

午　后

仍有暗香，仍有切切的鸟啼
——仍有樱花如轻云
一个好梦犹如一场艳遇
开始的意外，又结束的突然

一个二流时代终于过去
二流的施工，二流的设计
已没有多余的话可废了
塌陷的塌陷，烂尾的烂尾

一座摩天的楼
　　　　却没有承重墙
一艘航海的船
　　　　却没有压舱物

仓储早已见底
　　　　甚至包括代用品
内存正在清零
　　　　甚至包括致幻剂

比起天空，浮云不算什么
比起大地，尘埃不算什么
比起过往，当下不算什么
比起死亡，活着不算什么

而理性的、真正的现实主义
——是绝对不可能的
当一个人或一个国家的具体存在
只提供事件，不说明真相

对 雨

与其自我遣愤：一人不如
旁观，不如退思，不如细推物理
——自在雨天自对雨
时断时续，恰恰，欲言又止

不说对。不说错。不说对错
不论是。不论非。不论是非
——却又总是苦于冒犯
总是苦于内心的无助与无语

一个小酒馆里的杯葛主义者
一个纯粹的经济学意义上的穷光蛋
——落后于时代而且忧世
伤怀：愚蠢，却又自带一种喜感

最终记忆也是没有什么意义的
一切已经过去。一切已经消散如云烟
纵拗如王安石，挚如范仲淹
如今也个个学会了苟且和变脸

——或位居庙堂之高
——或身处江湖之远
其所谋者，乃不过一己之私、一家之欢
——不分尊与卑——不分愚与贤

噫，嘻！唯天多雨，唯人多思
　　遥念元人张养浩
听他心焦、语直的述怀
　　听他面对天下兴亡的慨叹

侧犯：或借题周美成

不是吗，他们一向独断，一向英明
一向是这鸿蒙初开的大地
仅有的几个被上帝指定的选民

这才是真正寂寥、真正无限的少数
——不是不能，只是不想
不想就是不想，其余一概多余

时常怀念大先生：上野烂漫的樱花
——望去确也像绯红的轻云
淡淡一句，却道尽所有的柔情

愧曰仰止啊！唯心事浩茫，云堆雪
——穹顶之下。群山之上
就那么一个劲地老天荒的悬着

真是不可思议的存在。云白的透彻
——即使加上万物的重量
也是感不到时间流逝的那种轻

想起古罗马。即使古罗马，说那时
——人欲横流如沧海，仍有
肉食者，关心灵魂存在的可能性

可我也无知：终不能以专业的角度
——分析国家的气象与水文
忽而甘州三涧雪。忽而南浦黄河清

可我也困惑：误入言语不通的省份
——欤彼何人斯，彼何人斯
昨夜切切莺啼序。今日滔滔满江红

岁　暮

倘若一个人的文字真的能够
比拟黄昏时刻的星辰
有辽远的虚无之美，多好

倘若这首诗碰巧你真的能够
读到，而且能够意会
能释怀一笑，我又该多么

感激和高兴！现实从来如此
总在不该出错时出错
日月的轮子似乎只能空转

不堪承受可又无法根本了却
越经历，越倍加踌躇
梦里山河早已飒飒风吹雨

要有光，要有水，要有昼夜
——也许，上帝有意
要人命里多这么一个痛点

这个痛点，这么多年，始终
这么痛着，时而刺痛
时而隐痛：像植入心里的

阴影并一再揭示内在的境遇
且鸿爪雪泥，落花流水
曾经种种：于今——惘然

论枯寂之美

若细细想来，这种枯寂之美
足以构成一门独立的美学
于习俗的审美之外，萧索与清简
自有秘密、内在的小传统

细细想来，无边落木如落雪
始终是个预示，是个提醒
飒飒秋声会剔净大地所有的枝节
剔净世间所有多余的铺陈

这枯寂之美，其美美在不言
美在经由时间留存的部分
拒绝在锦上添花，不仅是多和少
不仅是繁复和简约的区别

删减、消除——消除、删减
该删的删掉，该除的除去
一朵飘过的云飘过去就飘过去了
一朵云，只随意飘过而已

自己的时代自有自己的焦虑
——说美难，而说爱羞耻
不能或不愿说出心里想说的一切
每个敏感词都是一记封印

这枯寂之美，其美美在避让
美在给普世逼仄留有余地
有谁可怜一具被欲望淘空的白骨
仍有遗梦，有生动的梦遗

爱比克泰德的小瓦罐 *

爱比克泰德的小瓦罐
——似乎能拎走
所有的江河和大海

在爱比克泰德看来
雅典和雅典卫城
不过是希腊的土地上
一块普通的石头
和一片漂亮的山石

适度接受可以接受的
完全回避必须回避的
一个人除了灵魂与
意愿之外，没什么东西
——真正属于自己

如果内心是可怜的
就算富有天下
依旧是一样的可怜

如果内心是自由的
即使身处绝境
照样会感受到自由

——哦，流放吗
不过是一次移居罢了
——哦，死亡吗
不过是离开肉体罢了

应该尊重既有的秩序
就像尊重案头
用来饮水的小瓦罐

应该尊重在位的暴君
就像尊重墙角
用来撒尿的小瓦罐

凤梨、木瓜、石榴
樱桃，都是水果
其价值与自身相等
不小于一顶王冠
不大于一只瓦罐

罗马真的那么重要
迪尔凯的水比

马吉翁的水
真的更甘甜可口么
山坡上的橄榄树比
溪边的牛蒡草
本性上真的
会有很多不同么

恺撒有恺撒的帝国
——爱比克泰德
有爱比克泰德的小瓦罐
珍贵、完整、稀有
——呈现了一个
奴隶的质地与形态

---

*爱比克泰德，古罗马斯多亚派哲学家，生于奴隶之家，获释前一
直是地位低贱的奴隶。

晚　秋

晚秋已晚。天蓝如洗。北雁南飞
一俯一仰，尽是寻常风物

猛地想起一个知名诗人
对另一诗人的非难
讥之身处寒微，风格堪比皇家林苑
——美则美矣，却始终
有一种挥之不去的
　　　　　遛狗的味道

说，没有存在感的存在
——不算真的存在
人不负诗，乃诗不负人：天生野草
——不过取其质朴
取其蓬勃、自然的精神

而自然又是多么的自若
譬如路旁那一丛丛杂色的野菊花
不依时节，不择地势

兀自不管不顾拚命地开着

断　章

该是一种怎样的自尊
——怎样的自律
是怎样的压抑与克制
——老父亲终于
在人生第八十三年
崩溃了，先是眼神不对
——对熟悉的生活
突然充满莫名的恐惧
清明的思维
迅速陷入颠倒和混乱

他说他再也不想提起
——他为之服务
并且奉献一生的国家
——狂暴的发作
令人又茫然又无措
言辞尖锐、激烈、无情
——真不知他里面
什么时候插着这么多

锋利的小刀子

最后终因垂死而心碎

沉　船

与其说是悖谬，说是不幸
——不如说是荒诞
自己突然看见自己的后脑勺
像命运在暗中悄悄扮鬼脸

也许是一种无意的伤害
也许是一种习惯性的欺骗
——他们承诺给你
根本没有打算给你的一切

说有无，远远近近，无非
——若有若无的有
论是非，里里外外，不过
——似是而非的是

终于他们把你抛给虚无
让你灭顶，让你来不及呼喊
——可你失声大笑
嚯，水下原来有这么多沉船

指 摘

切，如果真有远见的话
结果肯定不是
今天这么一个屌样子

彻底蒙了，不知道
——除了金钱
还有什么东西能给
这个国家、这个时代
——带来如此
持久的激情和狂欢

——不知耻。不言义
这才是现实的 A 面和 B 面
——A 面可以斩钉
　　B 面可以截铁
——翻过来，掉过去
不是这一面：就是那一面

呵呵没得说，也懒得说

——戏是一出好戏

就是被他们故意演砸了

鸦　声

究竟左右之争，还是上下之争
天下何时尽是夜啼的鸦声
一群乌鸦拼命涂黑另一群乌鸦
肯定有着极为曲折的用心

所有的声音自然都是明了的
甚至是尖锐的、深刻的
几乎同时又是被讥讽
被否定、被批驳或被漠视的

而准确的陈述，详尽的阐释
都有相对的善念与善意
是这个狂乱年代较为理性的部分
观点抵牾，但毕竟怀有良知

也许这就是我们今天的不幸了
一种不幸抑或一种大不幸
——如果志存高远
绝对不该是这种窄小的尺度

还是太多机巧，太多的忌刻
自家越不过自家的藩篱
也许，早已安于斧与钺的砥砺
安于意识的轮子一轮轮空转

枝头檐下，难道真的只剩下
这叽叽喳喳的利己主义
无视国之多厄，无视民之多艰
乃一颦一笑，皆是个人索取

难道真的就此虚无了？从人本
到文本，从天体到肉体
且不说当下这椎心的生存之痛
既不能单列，又无法并置

其实，鸦声并非不祥。鸦声
可以争吵，也可以雅集
抑或个中另有隐情，绕树三匝
南飞、北顾，皆有枝可依

冬日札记一则

多日的雾霾、多日的不快散去之后
看横在远处的山峦，每道山脊
每个倾斜的坡面，都有明确的轮廓
山体荒凉，赤裸，但是线条清晰
早上八九点钟吧，生冷的风
尖锐、细致，由浅入深，剔着骨节
岁暮。十二月。阳光仍足够明亮
足够耀眼，让人本能的欣喜和欢悦
鸟飞过，天蓝得真如洗过的一样
山谷间的阴影，看不出明显的移动
与变化，大地显得稳固、坦荡
气象从容。当然，一切不过是虚空
虚空的虚空。时间的杯子透明
易碎。斟酌的，无非幻象及幻影
就这样：一个人站着，站成一棵树
直到抽出所有能够抽出的枝条
长出所有能够长出的叶子
开出所有能够开出的花朵——多好

竭　泽

就那么用手指轻轻叩着杯沿
决定泽里的鱼必须端上自己的餐桌
——并且还暗自发誓
绝对不能让一条鱼侥幸漏网

逻辑基本没有问题：快速、高效
亡命的鱼儿早已无命可亡
——捞一网，是一网
谁也不知下一网究竟是谁的

鱼不就是被捞的么，鳖不就是
被捉的么（人或为鱼鳖）
——鱼死却未必网破
不过是法则而已，宿命而已

一条鱼只有这泽，这泽里的水
——这身上鳞片是自己的
不是一条大鱼，就是一条小鱼
大鱼失去黄昏，小鱼失去清晨

莲叶何田田——已经过去时了
即使网开一面那也一定要看是哪一面
入戏的有之，入彀的有之
作局的有之，作壁上观的亦有之

——若一个国，上下只是说网
左右只能说渔：纵以海为泽，泽也会竭
——不要以为鱼真的没有意识
不要以为一条鱼甚至没有关于水的记忆

国有谤木

那时天下还是尧的：尧天下
——绝对的私有制
私有，却又不乏理想主义色彩
那时国是家国，民是子民

今天想象不出了，尧、舜、禹
——这三代神圣的世系
怎样在蛮荒的大地上建立自己的国家
并辛苦化育自己的人民和子孙

听《击壤歌》，就知道当时的世风
——有多么淳朴，多么自然
日出而作，日落而息，帝力于我何有哉
帝力不会没有，就像空气不会没有

谤木立于尧时：而国有谤木
——就是等于多了一项
自动纠错机制：而国有谤木
则以天地之心为心，以百姓耳目为耳目

大约这是最公开、最透明的民主了
——若真想听取民间意见
知道行政得失，多做一些木牌立在路边
让有胆识、有思想的人把意见

记录在上面就行了：是为谤木
谤木就是以木作谤（木头不知砍头）
可以谏，可以谤，可以争议
此间的共识：无则加勉，有则改之

伟大的智慧内核总是简单明了的
再清明的时代，国家的谣言
也会多于智者——与其叫谣言止于智者
索性不如叫谣言止于一块谤木

述 而

儒学就不说了，新儒学也不说了
先生们该尽的心意基本都尽了
无论是繁花照眼，无论是意兴阑珊
人间的孔子却始终是一个悲剧

时轮空转。在粉墨尚未登场
锣鼓点刚一响起的时候
当初在任的国家图书馆馆长李耳
就给出了冷静的分析及预言

如果世界是颠倒的，价值是扭曲的
就不会有什么正直的大道可行
厚德载物。天行健，君子以自强不息
话不糙，但于事无补，于世无补

李耳确有先见之明。李耳天生是个先知
——其实倒也未必：但李耳
活的太久，阅历太多，有太多生存疑虑
以及太多理性，太多经验与常识

一个杰出的人物和他所怀有的抱负
在他自己的时代究竟意味着什么
若针对不堪的处境，一切不过是空言
在李耳看来——无一利，有百害

大道废，焉有仁义。智慧出，焉有大伪
——这就是李耳厉害的地方
而且入夜越深，那一双老眼越是雪亮
所谓高处绝不是你想象的那个高处

不幸的孔子恰恰就在那个高处失守了
在理想与现实之间，像只丧家狗
去伪存真：这才是一项要人性命的事业
可以与虎为伴，但不能与虎谋皮

复礼竟然不是问题。从周竟然不是问题
——笑孔子也曾稚拙如童子
哦，丘啊，去游游沂水吧，去登登雩台
从此国家的耳房，又多一只钟摆

吊木心

看见乌镇，看见乌镇的水
——才算看见木心
木心果然真的是液态的
依稀的云翳。依稀的鸟啼
——人走过。风吹过
听得见呼吸。听得见心跳

越漂泊，其思维越是后倾
——回望出自不舍
那月。那儿时的白玉盘
天上这一个，不是梦里
那一个。历得尽沧桑
却历不尽无数细小的波澜

只是行过，也只是行过
——失明的日子
即令所有钟表同时停摆
也无法轻易迫使一个人
主动交出指纹

用地下语言为自由注册

这些集成的文字是婉约的
——婉约但是决绝
这些文字用一个背影
拒绝了一场毁灭
木心对本土：本土对木心
都是一次重新想象和发明

去国的记忆。去国的诗篇
——在此次第落水
从咿呀的桨声和舟影里
认出前世，也认出
今生。说此身即天涯
眼底千帆，已遥遥过尽

空间的错位。时间的错位
疑似一支错置的蜡烛
——两头都是黑暗
两头都在燃烧。这头或
那头——都有悖论
都有自己追悼自己的亡魂

词语的遗骸

似乎再也没有真切的日子
——或现实可言了
在十九世纪最后一道门槛上
词语终于将时间打败

词语里出生。词语里存身
——然后在词语里死去
词语与词语之间，介入是一个幻象
——抵达是另一个幻象

所谓灵魂，所谓不朽
所谓长存永续的道路与名声
不过是词语的灰烬
不过是词语散落的遗骸

世界删减为寓言。思想删减
为说辞。生活删减为废墟
——每一个关键词语
都是一面小小的虚无的旗帜

个人指涉

终归是一项阴郁而绝望的事业
——几乎所有相关指涉
都触不到灵魂的在场与感知

在暗夜里走，又躲不开鬼打墙
——从语言到语言
从词语到词语：拜命运所赐

竭尽平生所能，在与虚无对刺
没人看得见时间的内伤
谁也不说明这剑锋上的炫技

道路没有去向。山谷没有回声
不只河流解释不了河流
即使伟大的思想也不能自证

这就是所谓人的处境或困境了
不该发生的，已经发生
已经发生的，今后还会发生

那不如索性就这样对刺下去吧
虽然刺不出虚无的血来
虽然没有丝毫取胜的可能性

而所有的指涉，都是个人指涉
——所以绝望，所以
将沉默当作心灵最后的避难

而已帖

引为知己确实是引为知己
可说出卖，还是廉价地把你卖了
你不想知道发生了什么
只把应承担的一切承担下来

对命运不能有任何的抱怨
但你也并非无辜。你所犯下的和所
摊上的——得失之间
基本保持了一种大体的平衡

于是你在铁栅环伺的地方
尽快安顿下来：以自由换取自由
七年时间如无形的快刀
硬将生命连皮带骨切去一块

可你依然不失自嘲及反讽
大呼煮字可以下酒，腹诽加上妄议
终于以半卷生不如死录
成就一部惊世的亡灵还魂书

而书生只有意气是可恃的
能够意气一次，就不妨意气一次
——叫舌头不要打结
叫心肠不要变硬，叫血不要变冷

你甚至庆幸曾有这么一个
亲自验证的机会：之所谓朋友
所谓知己——有时施以
援手，有时痛下杀手，而已

王　冠

草木争荣，群鸟争喧，众星合唱
——衮衮诸神在天庭漫步
俯仰之间有多少溃败，又有多少凯旋
谁在自我取消？谁又在自我加冕

时间仿佛重新开始：严峻、急迫
——匆匆赶赴剧场的路上
每一阵凭空的风都摇动着耀眼的花枝
每一个匿名者都拎着备用的王冠

默 祷

是体系就会瓦解。是灵感
就会湮灭。不知那些走失的词
——是否还活着
是不是还低垂着头颅
继续在歧义中寻找自己

不要再说，完成了
又会怎样。当初深切的诘问
现在已是无聊的废话
完成或没有完成
会怎样，又不会怎样

究竟是一场什么样的役使
——什么样的徒劳
什么样的麦粒，又落入
——什么样的磨盘
且天天碾压，且日日研磨

哦，只有鸦和鸦在争吵

——风和风在吟唱
存在不止是一种幻象
——或一个寓言
一次历险、一场逃亡

不妨这样说吧，若最后
还有三天时间——
第一天：我要焚毁此生
　　　　全部的诗稿
第二天：我要将焚毁的诗稿
　　　　再默写一遍
第三天：我要伸手接住
　　　　虚无的星光

其实我是多么想说：主啊
可怜那个背时的使徒
你曾三次故意从他身旁经过
而他到底也没认出你来

钩沉记 I

他们：自己在给自己颁奖
他们：自己在给自己授勋
他们：以高度的一致
　　　将大面积灾难
　　　转换成小范围庆典
终于，一个人开口了
说他再也看不下去
不得不站出来试着反对自己

自己给自己颁奖，自己给
自己授勋。真不知天下
——还有比这更糟糕
更令人愤慨与羞耻的事情
他说他现在之所以有幸
站在这里，享有超过实际的荣誉
——只是因为这一生
太多的偶然和足够的幸运

个人所付出的和所得到的

——应该大致相等
当今但凡身居高位的人
谁活得无愧？谁活得干净
——想想过去的誓言
诸位好歹都是宣过誓的
欲望总得有个止境吧
再无耻也不能这样无耻吧

莫非真的有人已富可敌国
像坊间不断言传的那样
——这些年，这些事
说不清楚还是不敢说清楚
即使马桶用纯金打造
也说明不了屁股的高贵
拉出的屎一样是臭的
最后你是什么，还是什么

说完这些他就转身离开了
带着所有的憎恨和怜悯
他说他但愿没有活到今天
没在活着的时候看见
这一切。据说，那天他
抱着街头的柳树哭了又哭
据说，内部名册已除掉
他的名字，像除掉一个叛徒

钩沉记 II

倾斜过去的终于倾斜过来
半年多的隐身
使他一向从容的举止
变得更加从容

曾经的谣诼。曾经搅动无数人心
与国运有关的传闻
几乎以超音速，从一个省份
波及另一个省份

坊间的说法实在是太多了
令人胆战、心惊
这就是生存的现实和逻辑的基点
政治，真会黑过黑洞

一个大人物悍然的存在
可不是想抹煞
就抹煞得了的。即使凶狠的博弈
也会时时消解于无形

也许，只是换了一种方式
该离开的还是
离开了。以彻底的离开换取一次
彼此默契的出场

知情者说，明修的是栈道
暗度的却是陈仓
那个人，从未经历过所谓的险境
自负的始终像个国王

卡夫卡的眼睛

请读我的眼睛
——卡夫卡

几乎所有的谜底已在里面了
——卡夫卡的眼睛
有太多的光、太多的黑暗

两张黑白的卡夫卡纪念肖像
——犹如时间的幻影
自布拉格去年的天空飘来
没有任何文字的侵扰与遮蔽

一双眼睛是忧郁的、悲悯的
——浓眉漆黑且修长
线条清晰的嘴角微微上扬
有一种阴柔、内在的女性美

一双眼睛是警觉的、凌厉的
——脆弱、敏感、不安
　　这样的一双眼睛
就是于天上也看得见深渊

可能这就是真实的卡夫卡了
洞察一切，理解一切
又拒绝一切——纯粹白昼的光
也会坍缩，也会向下凹陷

以粉碎自己的方式粉碎世界
——即使没有如此告白
他的眼睛也藏不住他的噩梦

稻草人

是谁把我们卑微的家族
放逐于永久的大地
是谁让我们成为世袭的
——麦田守望者
默默背负着孤独的命运

我们是稻草人。我们有
我们的欢笑和泪水
我们有我们的喜乐和哀愁
我们会在黎明等待日出
我们会在黑夜仰望星空

麦子成熟的日子
大地铺上了一层金黄
——觅食的鸟儿
从远处飞来，不等落下
又空着肚子飞走了

哦，天上的鸟儿，飞来

——又飞走了

　　这肥沃的田野

这饱满的麦粒

这盛大的、人间的秋日

不要以为稻草人没有情感

——不要以为稻草人

没有意识、思想和灵魂

——不要以为稻草人

仅仅是去年的一束稻草

我们是稻草人。我们是稻草人

——稻草人有稻草人

领悟世界的方式：人没有的

——不等于稻草人没有

人不知的不等于稻草人不知

虚无之美

终于看见了虚无的大美
——看见本体及自体
看见了山水里面的真山水
——有思维之鳞
在看见的一瞬噼啪脱落

虚无之美，其美在虚处
——美在不落痕迹
美在一种不断腾出与清空
——知唯物之不可能
可能的，只是权宜而已

唯物主义者内在的痼疾
——在于太妄为
太无视物质世界的死循环
——彻底唯物论
缘自内在的盲区与盲点

丰盈即虚无：没有虚无

——命运则难以诠释

喏，一个人，不可临清流

——而心无所思

不可望星空而目无所见

纸上还乡

若仅仅限于纸上的行程
那当然可以：还乡抑或其他
——那些隐匿的事物
大约只能由命名赋予意义

问题是一张纸最终能否
取悦于头脑而背弃于现实
——道路在纸上修筑
从纸上动身，在纸上抵达

国家制造的梦大概总是
相似的。自打懂事的年龄
——这漏洞百出的网
几乎纠缠了我整整的一生

若在纸上真的可以还乡
那也完全可以在纸上立国
可以让故乡不再沦陷
让在家的人慢慢收复失地

雪夜访戴

那一夜，若无那场雪
——和渐浓的酒意
若无左思在诗中策杖招隐
——子猷或许根本
不会，慨然披雪夜行

独自从山阴水路上路
这一叶扁舟，一夜的静思
——让子猷有足够
时间，诘问人的真义

冷。那一夜，雪很大
与往日的雪并没什么不同
至于戴，子猷的知交
"何必见戴"的戴
那一夜睡得格外安稳

已是美谈了。戴日后听说
子猷雪夜造访的轶事

——不禁抚掌大笑
秋月自明：春草自青

可戴也有隐忧，也难索解
他看得见子猷的任诞
——却始终看不见
溃败的日子如入夏的落梅
妆点着一个王朝的背景

兴因雪而起。人乘兴而来
——那一夜万物隐藏
斟满的杯突然在最后一刻倾倒
子猷只能默默掉棹、回舟

露　白

世界一向以幻象为生
——囊括种种宗教
种种之艺术，种种之革命
——政治不惮作恶
诗人则习惯性地撒谎

省悟的日子实在太晚了
——晚到不能承受
晚到不能追悔，甚至晚到
——无论字里字外
已不能给过往一个安慰

不知道是不是可以继续
——怀揣临渊的心
或许人的思索令上帝发笑
——可也圣言不圣
开口即是反讽。欲望的

鸟儿，如果是日日欢叫

——并且夜夜啼鸣
精神的道路自是难有转折
——可怜光景虚设
一地露白，对漫天月明

那已逝的以及那未来的
——时轮不可打磨
呃山呼吧，一切归于凯撒
——沉溺幻象的人
会如期毁于一场大火

凡是背负的皆是怀抱的
——自知伶仃处
唯有深远的爱之挽悼
——唯有短暂的
　　生之喟叹

丙申清明
——陈泮三十年祭

最后，所有意志的盾
所有经验的铠甲
一概未能免你于不死

不死的只有无望的爱
犹如犯命的桃花
开了又落，落了又开

只有三月初生的春草
只有空茫的心事
若断若续，了犹未了

又是一次梦中的回乡
记忆先于遗忘
抵达。让死于白昼的

在最黑的黑夜里复活
——黑夜复活的
仍会在白昼再次死去

唯独你是在舍命求证
向冷酷的必然性
索要一个怀柔的答案

是多么寂寥的存在啊
——这天空太空
明亮的星辰太过遥远

那些太过遥远的星辰
——又太过切近
你临终的、不甘的眼

鲇鱼帖

在贫困的时代做个贫困的诗人
——哦，其实也不错
哪一个年代，又有哪一个诗人
从里到外，是真正富足的

时代的贫困和诗人的贫困
——从来都是一回事
无异于两头在月下对望的犀牛
一只独角仿佛另一只独角

忽而想象自己是打铁的人
一个人在寒夜守着炉火
——为尚未出生的
牝马，埋头锻打平整的蹄铁

忽而自称是劈柴为生的人
泱泱天下似乎有个柴墩
就足够了：一个结实的橡木墩
一个老家什。一点小荣耀

贫困的诗人在贫困的时代
——究竟有什么可为
一个伪命题，不值得认真作答
还是聊聊家乡的鲇鱼汤吧

让飞鸟去飞——打铁的人
眼里只有铁块和铁件
劈柴的人会将脚下堆放的木头
在日落之前一斧一斧劈完

策兰与海德格尔

绕不过去的索性
就不绕了
黑森林，哲人的小木屋
七月的托特瑙山

其实根本不用说
为什么，期待已久
谋划已久且意义
重大而深远的会晤后
唯一留下的一首诗
以变乱的音节
仅写了汲水而饮
写了饮水处
星形的木柱头
仅写了夏日的托特瑙
开黄花的山金车
开白花的小米草

孤零的红门兰

铺着圆木的小路
潮湿的高沼地
并在小屋里的留言簿
苦涩着舌尖发问
——"谁的名字
在我前面"?
之后几乎就是沉默了
空气的沉默
词的沉默
以及唇和齿
时间和栅栏的沉默

其实根本不用说
两个大人物
一个犹太人，一个德国人
心与心，竖着深渊

远人书

哦，远一些，再远一些
——你不会看不到
去年的雪，继续在齿间变冷
——你不会听不见
受伤的燕子在耳中尖叫

乌云一样的波涛轰响着
——鹄立的观潮者
在共同等待命悬一线的时刻
——那最后的玉碎
让大地突然从脚下逃开

仅有迂回是绝对不够的
——一首锋利的诗
应该一下子切入事物的本质
——再晦涩的表达
也不会比现实更加费解

哦，远一些，再远一些

——人远不及心远
唯冷冷的雪。唯冷冷的拒绝
——有黑暗的鱼群
正从体内重新游回大海

所 以

——给茨维塔耶娃

所以

你是你自己的厄运
　　　你是你自己的灾祸
你是你自己的债务
　　　　——是自己
内心滚动的雷霆和大火

所以

没人可以代你求解
　　　没人能够替你偿还
你是你自己的人质
　　　你是你自己的绳索

所以

你的眼睛不会变暗
　　　你的头发没有成灰

你来了，没有迟到
　　你的荣耀是在天上

所以

你是你自己的黄夜
　　你是你自己的骑手
你是你自己的面包
　　——是自己
最后的一滴酒或一口汤

沃罗涅日

> 我的生命不在这里
> 我只是一个影子。我不存在
> ——曼德施塔姆

当然，你的生命不在这里
——在这里：沃罗涅日
你只能是一个影子，你不存在
你没有温度，也没有呼吸

噢，沃罗涅日，这强盗的
窃贼的，乌鸦也会带刀的土地
只有套在脖子上的绳索
越拉越紧，只有流放和泪水

天才的诗人，世纪的孤儿
——国家意志的待决犯
一个已经彻底看清了现实的人
只能沉默着乜视他的未来

沃罗涅日，犹如一句咒语
凳子随时会被砰地踢开
你不得不提前支取棺木的费用
并签下自己死亡的授权书

谁也无法阻止你纵身一跳
——跳上疾驰的小雪橇
这才算自由了，躺在大地深处
继续不停翕动黏土的嘴唇

活着可能就是一桩大罪过
这里没人需要你，没人认识你
——沃罗涅日沃罗涅日
冷却的地狱，但还在冒烟

奥夏和娜佳 *

> 但是石头已经飞来，鸟儿已经飞去
>
> ——约·布罗茨基

奥夏

亲爱的奥夏——我心爱的人
我们所有的泪水，所有经历过的苦难
最终也没能挽回那离别的一刻

我们孩子般的生活曾是多么幸福啊
——我们的游戏，我们的爱情
——我们的争执，我们的吵闹

我的每一个思绪都和你有关
每一滴眼泪和每一个微笑都是给你的
即使在流放地，在乌鸦聒噪的

沃罗涅日——即使过着没有食物
没有书籍、没有栖身之所
一种近乎靠乞讨过活的日子

诗句难以抵御命运。时间的打击

使我们像失明的小狗一样
在寒冷的风雪中紧紧依偎在一起

你只是无数受难者中普通的一个
哦，你那招人怜爱的滚烫的额头
以之燃烧我们岁月的全部的疯狂

我现在甚至不去抬头看天了
如果看见了一片彩云或一只金翅雀
——那我又该指给谁看呢

已经多少年了，这个国家、这片土地
死亡比生活更真实、更简单
一切都在以建造人间天堂的名义

我们当初的态度是宽容的、明朗的
——甚至是积极的和乐观的
你对事物有着善意的认知和理解

他们才是彻底的虚无主义者
是人类意识最黑暗的部分
强求一统、诉诸暴力并且嗜血

任何反抗都是没用的。直至他们
再一次把你从我身边带走

使你从我的日子里彻底消失

沉默即罪过。那些尚能发声的人
——被割去舌头、被命令
用剩下的舌根去颂扬、去称圣

我经常在深夜的睡梦中叫出声来
——并惊悸于自己的哭喊
就像快被掐死的动物和鸟的哀鸣

我不知道你现在何方，是否还活着
——听得见我在对你说话吗
我含着泪，望着天边颤栗的寒星

哦，你是否知道我的爱：奥夏
——我心里有太多的爱
我还没来得及告诉你我有多爱你

我的奥夏：我是娜佳，你在哪里

娜 佳

伟大的离心力，最后一次加速
把一个诗人像一块令人憎恶的石头
从帝国的中心抛到大地的边缘

额上闪耀的星辰终于熄灭了
——在符拉迪沃斯托克
偏北的方向，在冰冷的冻土带

此时，我用我的灵魂和你说话
我的娜佳——我看得见
你深陷的眼睛，听得见你的哭泣

一个时代结束了。就我个人而言
开往未来的火车已经到站
车轮停在去科雷马的临时集中营 **

这是我命定的归宿，我的死亡地
我所有的思想、所有的精神
以及衰朽的肉体，在同一时刻死去

没有棺木，没有衣物，没有名字
——国家的囚犯们赤裸着
像苦役矿坑里的坑木胡乱堆在一起

没有抱怨，没有仇恨，属于我的
不是负担，不是不幸的意外
即使坟墓也权当是上帝赐予的宫殿

我曾软弱过、动摇过、乞求过
——像悬在黑暗中的吊桶
绝望中抱着一丝没有希望的希望

厄运也许在"阿克梅"诞生的那天
就决定了：当我认真说出
"除了存在，他不渴望别的天堂

"艺术的现实更无限地令人信服
论起当下他仅能报之以苦笑
阿克梅——有自己的最高的戒律"

不碰到这一个，也会碰到另一个
结局绝不会有本质的不同
无论古老的罗斯或新生的苏维埃

人等同于花名册。他们要勾销的
——不是我。不仅仅是我
所有的消音器都针对着异己的声音

这声音在哪里出现就在哪里消除

——譬如我的先辈普希金
面向海浪，歌唱自由元素的时候

绞索已挽好。一切正在暗中进行
——他们所要彻底摧毁的
恰恰是我所眷恋和我所向往的

娜佳，亲爱的娜佳，我的小妈咪 ***
——现在我终于可以回家了
回到你原初的、从未生育的子宫

哦，我会再一次孕育出诗的风暴

---

* 此诗取材于曼德尔施塔姆夫人的回忆录以及相关文字。奥夏和娜佳，是曼德尔施塔姆和曼德尔施塔姆夫人名字"奥西普"和"娜达日杰"的爱称。

** 科雷马，在西伯利亚东部。20 世纪前期，是苏联著名的集中营所在地。

*** 据阿赫玛托娃的回忆，生性活泼、戏谑的曼德尔施塔姆还叫娜佳"妈咪"。

岁时记

很多话本是不必说的
远离人群的生活
有时会有些寂寥，有些孤单
甚至会有些错位
和颠倒，对当下存有一些
几近于荒诞的通感

今年不错，有几首好诗
同时又减去一岁
对梦与如梦
肯定会更多了悟
属于自己的那根蜡烛
相应也会有些缩短

不再自己和自己过不去
——已经很多年了
一个人职业性地读书
写作，思考，受穷
身为诗人，不论任何时代

都有意味深长的一面

自然也有现实的考量
有比较，也有权衡
尤其当生活不再看重价值
仅仅热衷于价格
与利润。我不想说国家坏话
却憎恨上下征利的嘴脸

这就是所谓的天意了
认识自己是件难事
人活着，会有盲区和盲点
——就我个人而言
一片初识的、开蓝花的鼠尾草
已然美过他人的宫殿

老教堂

哪怕是在上帝彻底离场之后
——残存的一些幻象
哪怕是在奔赴死亡的途中
——虚设的一些路障

抑或只是为了一己的安宁
这些教堂，也是好的，也是必要的
——尽管信仰式微
理性已是新的威胁与逼迫

落日很美。罗曼式的穹顶
——哥特风格的高窗
再也听不到昔日那清澈的钟声了
灵魂的指针，在这里停摆

不仅仅是历史的废墟和遗迹
——这些幸存的老教堂
作为一种启示性的存在，仍是世界
最可怀念、最可追忆的部分

安静的教堂里面，不知是否
——有人在用心告解
不知那些正在告解的人
是否真的诚实，真的虔敬

窃以为，无论上帝在或不在
人类孤独的身影从哪一片土地上经过
——即使是一个暴君
一个盗贼，也该有自己的教堂

去　题

总是倾向有一种表达
——真正发自内心
不作伪，不苟且，不使我们
仅仅限于当下之所是

为什么必须是被恩准
被施予以及被怜悯、被默许
——人之何以为人
怎样定义，如何解释

在既有的废墟挖掘吧
为深入地下，清出一个现场
——隐喻的星空
已还原为天文和天象

唯铁器打击得了铁器
——不知铁的内部
哪些日子日日花开哪些日子
日日坍塌又日日沉陷

没有所谓自洽不自洽
要慢慢学会倾听死者的笑声
——虚设语境的人
不惮自己与自己为敌

这个世界，一向如此
——无论现实多么
不堪，仍会有小觑天下之心
会有不买账的青白眼

又见蜀葵

哦，又见蜀葵。又见蜀葵
这些重瓣的、红色或
粉色、黄色或白色、摇曳多姿的花朵
——自一场大难之后
开始弥散某种灾变的气息

夕阳斜照，草虫细碎，秋山淡远
转动的时光之轮仍飒飒有声
——这种莫名的震动
刚刚出炉的伊拉克战争调查报告
其当量不会小于一枚核弹

自己查证自己。耗时达七年之久
十二大卷，六千多页，二百六十多万字
毕竟是英伦。毕竟经历过风雨
——一次真正独立的调查
国家授予权力，对历史真相负责

托尼晚年的日子怕是不好过了

——这个著名的、出色的
前摇滚青年和前首相，将面临指控的可能
——世界，像一块滚石
摇滚可以是政治，但政治绝不能摇滚

而所有的比较都是没有可比性的
我只热衷于猜测，关于人类的生活与命运
——关于被迫去职的上帝
在星辰之间，如何漫无目的地游走

永固陵 *

哦，莽莽苍苍苍苍莽莽苍苍
遥望如是，俯仰如是
不着一字，硬是难着一字

见斯陵，疑心自有疑问：尘世劳绩
何谓长存、何谓永固
乃名欤？乃一家一姓之天下欤

北不见北魏，南不见南唐
——见只见日月空转
见山川如是。见烟雨如是

---

*永固陵亦称"魏陵"，位于山西大同北郊方山，北魏冯太后之墓，距离市区二十五公里处。

方山远眺

嚯！这明亮的、青濛濛的山色
这涌动的、向北的、一眼望不到尽头的
——罗列两侧的群山与山脉
何处一水中分，在此两川交汇

层峦叠嶂，又峰回路转：满目晴翠
——满目澄澈、耀眼的天光
这阵势、这铺排、这奢华、这煊赫
这纵横捭阖、吞吐万里的气象

俯仰之间，若山驰惊涛，云翻白浪
——一丘一壑，尽在心中激响
如果此时恰有长虹凌空贯日，如果此时
人的灵魂，有这样的教堂安放

你所看到的，即是你希望和期待的
——然而毕竟早已无志可言
早已无怀可抒。权当不可企及的境界吧
且驻足于此，已是额外的补偿

万物静默。等待一切重新归于尘土
——重新分解为自然的元素
恰似过往的秋风，一如枯朽的草木
人类曾经作为一种流行的疾病

一个寻梦的人，不慎被时代所假释
——孤立在这寂静的顶点
是不是真的能够从自己的内心听到断裂
听到坍塌、陷落和坠石的声音

熊　说

我是熊。当然，我是
一头会跳舞的熊
是马戏团里十分抢眼的明星
一个受欢迎的大块头

至于我精湛的舞技
——这么说吧
只要随手来上一段音乐
甚至只须几个节拍

即使是熊，也是灵活的
柔软的，甚至每一个关节
——每一块肌肉
都能舞出波浪一样的律动

天赋无论如何是不敢说的
忍耐及服从却是必需的
对了，有些能力来自遗传或研习
我的才艺则完全出于教训

为了马戏场上舞蹈
那些专业娴熟的驯兽师为我
准备了悦耳的音乐
也准备了带刺的棍棒

已经记不清了，有多少回
有多少个黎明和黄昏
结实的皮肉被打得又疼又肿
流出的血也一次次结痂

如果顺利完成规定动作
会受表扬，还赏以可口的吃食
——如果不听话或领会
不了意图，就随手一顿饱揍

并在晚上被饿着关进牢笼
就这样，由于害怕，由于恐惧
我不仅学会了自如的舞蹈
而且学会了博取欢呼与掌声

呵呵，熊的舞蹈，真有海报
——吹嘘的那么玄么
我是熊，却和老虎、大象、猴子一起
学会了属于人类的技艺

台上清脆的锣鼓点响起来了
台下的观众又在大声喊我的名字
——哦，这种内心的转变
这种不可遏止的表演的激情

杂耍艺人

一个天生的杂耍艺人
恰恰赶上一个杂耍的时代
其盛况就可想而知了
——所谓如鱼得水
大概指的就是这类情景

技艺就不多说了，手法
出神入化——表演
炉火纯青：即使是行家里手
——也难以窥破
种种代入、戏谑或反讽

每一种编排都有高明的立意
——每一个细节都有
巧妙的构思，手法自如、灵动
——仿佛一颦一笑
都含有耐人寻味的深意

随时都会失手，又永远

不会失手。每一个动作既在制造
又在拆解着紧张的悬念
——效果可以致幻
杂耍耍的就是危险与平衡

无论作为一种明喻或暗喻
这些意象都是来自现实的投影
——我们每个人的内心
　　每个人的骨子里
是不是同样有着杂耍式的冲动

一个天生的杂耍艺人
可以将才艺诠释得近乎完美
——小丑是可爱的
包括那惹人发笑的红鼻子
包括那一身职业的花衣

国家的奶牛

够陡峭，够峥嵘，够嶙峋
牛皮当然还行，绝非吹弹可破
有长笛一样突出的脊柱
有排箫一样并列的两肋

——宽大结实的骨架
如刀削斧斫而成的立体几何
——挺拔高挑的臀部
由若干性感的锐角构成

并没有什么可以抱怨的
奶牛就是奶牛。即使奶水日渐枯竭
沉重的头颅依然高举
似在仰望，又似在沉吟

况且，牛屎冬天可以取暖
牛尾夏日可以拂尘
是啊，白昼给了我们白色的梦幻
黑夜给了我们黑色的睡眠

只要还能咀嚼，只要还有奶水
只要一头奶牛还是奶牛
哦，那倒悬的北斗，那轮回的日月
自会于乌有之乡化为乌有

早已烦透了那帮挤奶的家伙
骄横，冷漠，不知感恩
一个绝对食草的、国家原教旨主义家族
真要说牛：我们，才是真牛

盖　棺

终于可以盖棺了
钟表已经停摆
天光突然转暗的一瞬
山河顿成遗照

遗照即是遗恨
眼角眉梢，到底意难平
似有所悟：又似有
诸多不解，诸多疑问

论，真的就这样定了
——像棺木上钉钉
最后的时辰如最后一位信使
从天庭带来闪电和雷声

所有的祈求，所有的幻象
——统统止于一瞬
纵不能度尽世上一切苦厄
却可以照见五蕴皆空

再也不用忙着为国家修辞了
——死亡：还原真实
那么知晓大义，那么洞悉世事
又那么精通灵魂的交易

隐情从来不会有人说破
——不管任何时代
一个策士，越在需要良知的地方
越善于为自己的主顾立论

灵　歌

短暂的间歇之后，吹鼓手们
又闭紧眼睛鼓吹起来
一个个技艺精湛，即使为死亡弹奏
也掩饰不住陶醉的表情

而那些身披白色孝衣的女人
半专业的灵歌演唱者
一边歌哭，一边流淌着真实的泪水
令活着的亲人暗自羞愧

已经是临在，已经另有深意
——钟声在高处响着
每一个肉身，都弥漫着旷古的虚无
仿佛落入一场隔世的大雨

即使有更多怀念，更多赞美
也只能是一篇悼词了
不再是同一条线上移动的同一个点
那有死者，也是未亡人

时间到了。起灵的时间到了
抬棺者已在门外等候
可死人抬不走死人。不信，那就让
他们去抬、让他们自己去抬

毕竟是物理定律。谁的蜡烛
也不能一直亮到最后
多么古怪的习俗啊，参与送葬的人
还得系上辟邪的红布带

约拿记 I

"你是谁
　　你以何事为业
你从哪里来
你是哪一国
　　属哪一族的人
这次临到我们
　　是因
　　谁的缘故"

"哦不要多问了
　　你们
　　把我
扔进大海吧
　　海就平静了"
翻滚的海
　　立刻真的风平
　　浪静了

这一次，约拿决定

不再祷告
不再与
命运和解
最初的三天三夜之后
他决定就在
鲸鱼的肚子里
活下去

约拿记 II

不幸的落入鱼腹里的
　　那个约拿
已彻底处在一种
　　被抛状态
此时的约拿做好了
　　所有准备
　　必要的
沉默。必要的不合作

仅仅一条鲸鱼的内部
　　就有这么多
　　未知
　　这么多黑暗
活下去，是重要的
　　活着
　　并且活下去
并且看到想看的一切

　　一条深海里的鲸鱼

仿佛是
　一只黑色的
　潜水艇
黑的鳍，黑的脏腑
　像巨大的
　密封舱
密封着天庭的指令

虚构之物

仅有向善的愿望是不够的
——善也会是一种恶
仅有抽象的理性是不够的
——理性也可以玩火

这里只有分野，没有抗衡
——反对永远无效
而生为弱者：我们在一边
——他们在另一边

这究竟是什么样的悖论
——如此自是又如此
自欺，忽而是通衢大道
忽而是解不开的死结

我的心里有太多种类的螃蟹
在横着走。没有红绿灯
没有斑马线。只有国家的载重车辆
一路奔驰，一路呼啸而过

这沉痛的词语，这激愤的言辞
这进攻的矛，这防御的盾
——这乌有的虚构之物
这笔下的风暴，这纸上的雷霆

唉，我从未想到，也从未去想
作为诗人这充满忧思的一生
活得如此卑微、如此困惑、如此无助
在自己的祖国，阅尽所有苦厄

饕餮颂

而黏土的日子已经过去

而作为趋向坚硬的转折
青铜时代之所以不朽
——恐怕还是在于
一种内在的抽象认知
——初立的皇权
以饕餮、以传说中的野兽
——最终问鼎
成为国家的隐喻与象征

饕餮清晰而准确解释了
——国家的性质
及内涵：永远没有
节制：永远不知餍足
——无论叫饕餮
　　或利维坦
名字有别，长相各异
唯独本性出于一体

哦，饕餮自是饕餮
有现实之恶，有抽象之美
——因为善于变形
让青铜有了丰沛的表情
——饕餮一旦问鼎
一旦化为神圣的图腾
即使是身为天子
也只有顶礼膜拜的可能

国家以饕餮的面目登场
——饕餮的嘴巴
——饕餮的牙齿
——饕餮的胃口
比石头的磨盘，比钢铁的内燃机
——更强大的消化系统
无论是隐喻或转喻
那饕餮，那传说中的野兽

已是现代人类最高的神明

浅　议

哪有什么真正高贵可言
——不过是幻觉
不过是即兴表演。失真的日子
被仔细镶上修辞的花边

也许是我们的生命
——从来没有
什么绕不过去的坎
一个人的责任
——与思想
一个人的自尊与爱
——与同情

美学的趣味可以多样
——乃至极端
但人类的存在之道却不能
诉诸于美学的解释

——我们总是

习惯性地自是和自欺
——而诗与真
一向难有互谅及互信
——我们总是
　　莫名地
耻于自省，怯于自问

不仅仅是观念的冲突
——抑或美的分歧
竟然真的会有如此自洽的存在
没有痛感，不知焦虑

现状大概只能如此了
犬儒式的解构
小丑式的戏拟与狂欢
——且时时敷衍
　　处处苟且
并以此一再反证其内在
最后的失陷和失守

黄　钟

渺小的人没有祖国

对他们而言

"祖国"不过是樊笼的另一种说法

——黄钟

噗！果然是久违的黄钟

——果然没有听错

果然是一记凌空断铁的声音

浩大的蒙昧主义的凯歌啊

——究竟什么才是

沉沦或照亮，毁灭或新生

持续不断的共振与共鸣

——让生根的磐石

有足够的时间，化为一个幻影

越是渺小的：越是可怜的

——越是莫名所以

越是怀有一种伟大的确信

愚钝如我者则颠来倒去

——敲打着自己的

瓦釜：以为里面，会有雷鸣

高 地

说是一处高地，其实不是高地
——你也可以随意想象
一阵风。一只鸟。一个变乱的岛屿

不过是种曲折的文学上的说法
一首诗，由此更加隐晦
失去清晰的语义和准确的措辞

始终在做着做不了的思想工作
——不知手中的长笛
为谁吹奏，心里的天平，朝谁倾斜

昨天是个坏蛋。是的。这我知道
——可是，明天呢？如果
明天也像昨天。或者，昨天就是明天

如果每一个日子，都是一步臭棋
——楚河、汉界之内
自己杀自己的马，自己踩自己的车

长于内伐。拙于远征。一向如此
——二元对立。多元对立
甚至一元之内，仍是杀伐不止

那么，该不该选择，又如何选择
——有挂箭的豪猪不顾
死活，有高蹈的野鹤，涉水远去

哦，高地！你说什么？什么高地
——眼前只剩一局残棋
似乎既不能破解，又无法复盘

孤 立

说孤立，那就彻底孤立吧
——只是不要拿走
我的软弱、我的无助、我的耻

地狱不是想入就入得了的
——不妨说句绝话
理由自然会有，只是谁也不配

去往天堂的路实在太挤了
——所以想一个人
单独留下，想认真陪一陪自己

已不再有什么苍凉和苍茫
——只有茫然对茫然
以一己之茫然，对天下之茫然

也许思想即冲突、即冒犯
——倚在国家的街角
默默注视着内心的落雪与落日

说孤立，那就彻底孤立吧
——一人孤立当下
且自负当下这令人羞辱的身份

回到策兰

回到策兰，就是回到
——最初的或
最终的：闪电和雷声

回到策兰，就是回到
人性的旷野
就是独自坐在心里的空地
数着天上的星火
就是经由死亡诗学
探询生的可能
就是一个人
用两只酒杯喝酒
并且不停把空着的那杯
频频递给自己

回到策兰，就是回到
词语的暗夜
反复寻找和辨认

回到策兰就是回到
始源性的悖论
就是拼尽全力对终极事物
像打铁一样追问
就是将存在之急迫
雪球似的滚大
就是一个人
将雪球推上山顶
然后让这个巨大的雪球
发生一次雪崩

乌　合

人间抱负或是值得嘉许的或是
可笑的——有风扫落叶
　　　远处山头恍然开始落雪
耳中厌世的鸟鸣渐渐一声低于一声

天上的日月不知地上的日月
何草不黄啊，说的是人，比的是草木
——即使神话也一样会死
女娲几曾补天，盘古俨然作古

只有越擦越小的橡皮擦
　　　只有越磨越秃的铅笔头
曾经是一种荒废
　　　如今仍是一种荒废

表演可以致幻：一切虚幻的
　　　多是美或可爱的
呃，还是为伟大的汉语认真点个赞吧
饥时可以画饼，渴时可以望梅

不要再说观察天象的傻话了
——(星星又在眨眼呢)
又要宣扬福音书，又要捞满钱袋子
(嘴像个教士，心是个税吏)

记忆尽管遭遇不断删除与涂改
仔细检点这潦草的一生
　　　谁能凭以往全部的过错
将落满麦田的乌鸦，一只一只洗白

我

曾经追魂索命的一问
——现在听来
如此刺耳，如此愚蠢

而我：一个浑身
涂满淤泥的人
一个不断往自己
头上扬灰的人
一个已倦于从落日
眺望日出的人
一个从虚无中来
到虚无中去的人

这一来一去之间
不多不少
恰好是被无用的热情
和诗歌
所裹挟、所浪费
亦是被国家之意志

所奴役
所驱使的一生

这颗又辽远、又孤寂的心啊

不想对世人说出的是
——在蜡烛
即将燃尽的时候
我在梦中吻着你哭泣

即　使

那又如何：即使本源
是必要的。谱系是必要的
一个词也有自己的
祖国，自己特别的身世

那又如何：即使蒙昧
是必要的。无知是必要的
——既然上帝的手
也画不出椭圆的正方形

那又如何：即使犹豫
是必要的。踌躇是必要的
思维的悖论及难点
或出自逻辑或出自权衡

那又如何：即使期待
是必要的。热望是必要的
词义从不排除歧义
唯有梦游者会梦入泥泞

那又如何：即使圆凿
是必要的。方枘是必要的
河岸何须归纳河水
南辕最初必是始于北辙

那又如何：即使铭记
是必要的。哀悼是必要的
——而这虚妄的
这喧嚣的、盲目的人类